KB118975

마크툽
MAKTUB

최정수 옮김 파울로 코엘료 지음 황중환 그림

자음과모음

MAKTUB

나 시카, 파트리샤 카제, 에디누 레이치 네투
그리고 알시누 레이치 네투에게

오, 죄 없이 잉태하신 성모마리아여,

당신께 의탁하는 우리를 위해 빌어주소서. 아멘.

©Paul Macleod

차례

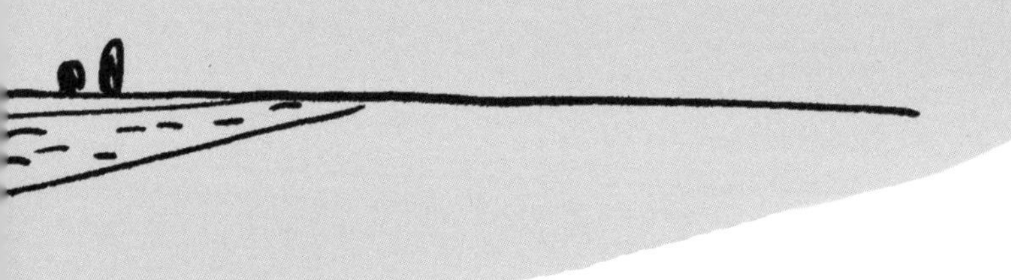

저자 노트

『마크툽』은 교훈집이 아니라 삶의 경험을 나누고자 하는 책이다.

이 책에 담긴 이야기들은 대부분 11년의 세월 동안 스승님이 나에게 아낌없이 베풀어주신 가르침이다. 나머지는 친구들 또는 살면서 딱 한 번 만났지만 잊지 못할 인상을 남긴 사람들이 나에게 해준 이야기이다. 이 이야기들 속에서 우리는 전에 읽은 책들의 흔적이나 예수회 수도사 앤서니 멜로의 표현처럼 '인류의 영적 유산'들을 발견하게 될 것이다.

『마크툽』은 브라질 신문 「일루스트라다 지 라 폴라 지 상파울루Illustrada de la Folha de São Paulo」의 국장 알시누 레이치 네투가 전화로 나에게 했던 제안에 의해 탄생했다. 당시 나는 미국에 있었고, 어떤 글을 연재할지 아무런 계획도 서지 않은 상태에서 그 제안을 수락했다. 네투의 제안이 도전으로 느껴진 순간 흥분되었고, 그 도전에 응하기로 마음먹은 것이다. 산다는 건 위험을 감수하는 것이니까.

일이 고생스럽다는 것을 깨닫게 되면서 하마터면 나는

그 작업을 포기할 뻔했다. 게다가 내 책의 홍보를 위해 외국에 자주 나가야 했기 때문에, 매일 글을 쓰는 일이 고문이 되어버렸다. 하지만 많은 사람들이 독려와 격려를 아끼지 않고, 계속하라고 나를 몰아댔다. 독자에게서 편지가 왔고, 어떤 친구는 내 글에 대해 논평을 해주었다. 또 어떤 친구는 내가 연재한 글을 오려서 가지고 다닌다며 글이 간직된 지갑을 보여주었다.

작업하는 동안 나는 객관적이고 직접적인 글쓰기 방법을 조금씩 터득해나갔다. 그러면서 늘 참조했던 글들을 다시 읽게 되었는데, 그 재발견이 주는 기쁨이 엄청났다. 그래서 스승님의 말씀을 더욱 공들여 기록하기 시작했다. 마침내 내 주위에서 일어나는 모든 일 속에서 『마크툽』을 써야 할 이유를 발견했다. 덕분에 내 영혼이 얼마나 풍요로워졌는지 모른다. 오늘날 나는 날마다 해야 했던 그 작업을 조금도 후회하지 않는다.

이 책에 실린 글은 1993년 6월 10일부터 1994년 6월 11일까지

「라 폴라 지 상파울루」에 연재한 글들 중에서 선별한 것이다.

빛의 전사와 관련된 글은 넣지 않았음을 밝힌다.

그 글들은 『빛의 전사 입문서』라는 책으로 이미 출간되었기

때문이다.

앤서니 멜로는 자신의 책 서문에 이렇게 썼다.

"내가 하는 일은 직조공이 하는 일과 같다. 직조된 면과

아마포의 품질이 좋은 것은 나 때문이 아니다."

나도 동감이다.

●

파울로 코엘료

여행자는 무릎 위에 종이 뭉치를 올려놓은 채 숲 속에 앉아 눈앞의 초라한 집 한 채를 바라보고 있다. 그는 예전에 친구들과 함께 이곳에 와본 적이 있다. 그때는 이 집의 건축양식이 오래된 것이고, 아마도 이곳에 한 번도 발을 들여놓은 적 없는 어느 카탈루냐 건축가의 건축양식에 속한다는 사실에만 주목했다. 그 집은 리우데자네이루 주 카부프리우 가까운 곳에 있고, 전체가 유리 조각으로 되어 있다.

그 집의 첫 번째 주인 가브리엘은 1899년 꿈에서 천사를 보았다. 천사는 그에게 이렇게 말했다.

"깨진 유리 조각들로 집 한 채를 지어라."

꿈에서 깨어난 뒤 가브리엘은 깨진 타일 조각, 접시, 실내장식품, 유리병들을 모아 집을 지었다. 그리고 자신의 작품에 대해 이렇게 말했다.

"조각들 하나하나가 모여 아름다움을 이룬다오."

이후 40년 동안, 이웃에 사는 주민들은 그가 제정신이

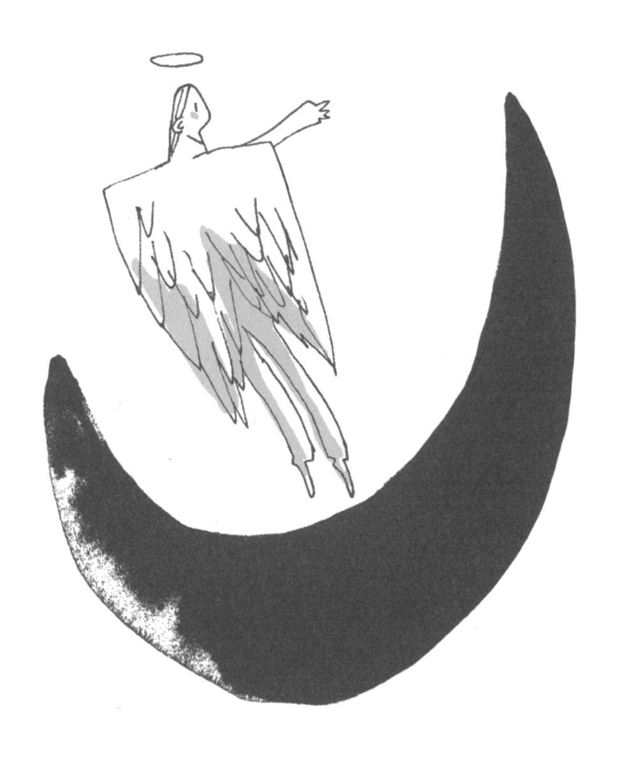

아니라고 생각했다. 하지만 세월이 흐르면서 지나가던 관광객들이 그 집을 보고 주위 사람들에게 입소문을 냈고 가브리엘은 천재로 인정받았다. 다시 세월이 흘러 그 집의 새로움이 가져다준 충격이 가라앉자, 그는 다시 익명의 존재로 돌아갔다. 그러나 집 짓는 일을 중단하지 않았다. 93세에 그는 마지막 유리 조각을 쌓았다……. 그리고 숨을 거두었다.

여행자는 담배에 불을 붙여 조용히 피웠다. 가브리엘의 집과 안토니오 가우디의 건축 사이에서 발견한 유사점에 대해서는 더 이상 생각하지 않았다. 그는 유리 조각들을 바라보면서 자신의 인생에 대해 깊이 생각했다. 다른 사람들과 마찬가지로, 그의 인생 역시 그에게 일어난 모든 일의 파편들로 이루어졌다. 그리고 그 파편들이 어느 순간 형태를 갖추기 시작했다.
여행자는 무릎 위에 놓인 종이들을 보며 자신의 과거를

떠올렸다. 그 종이에는 그의 삶의 조각, 그가 경험한 일, 그가 잊지 않고 기억하고 있는 책에서 발췌한 글, 스승님의 교훈, 친구들이 그에게 해준 이야기들이 담겨 있었다. 또한 그의 시대와 그의 세대의 꿈들에 관한 성찰이 담겨 있었다.

가브리엘이 꿈에서 천사를 보고 지금 그의 눈앞에 있는 집을 지은 것과 마찬가지로, 여행자는 자신의 영적 건축을 이해하기 위해 그 종이들을 정리하고자 했다. 그는 어렸을 때 읽은 말바 타한의 책 『마크툽』을 떠올렸다. 그리고 생각했다.

'나도 그런 책을 써야 해.'

LIFE

스승께서 말씀하셨다.

"변화의 때가 되었다고 느낄 때, 우리는 무의식적으로 그때껏 경험한 온갖 실패들을 비디오테이프처럼 돌려본다.

그러나 나이가 들수록 힘든 순간을 이겨낸 경험이 실패의 경험을 눌러버린다. 그런 경험들 덕분에 실패를 극복하고 앞으로 나아가는 길을 찾게 된다. 우리는 정신의 비디오 플레이어 속에 그런 비디오테이프를 집어넣어야 한다.

실패들로 이루어진 비디오테이프만 본다면, 우리는 계속 무력하게 남아 있을 것이다. 반대로 성공한 경험들로 이루어진 비디오테이프만 본다면, 자신이 실제보다 더 지혜롭다고 믿게 될 것이다.

그러므로 우리에겐 성공과 실패에 대한 두 가지 비디오테이프가 다 필요하다."

003

애벌레 한 마리가 있었다. 그 애벌레는 새들이
날아다니는 모습을 땅에서 올려다보며 살았다.
어느 날 애벌레는 자기 모습과 자기에게 주어진 운명에
분노했다. 그리고 생각했다.
'나는 세상에서 가장 보잘것없는 피조물이야. 추하고,
혐오스럽고, 땅을 기어다니며 살 수밖에 없지.'
어느 날 자연의 여신이 애벌레에게 고치를 짜라고
명했다. 애벌레는 두려웠다. 지금껏 고치를 짜본 적이
한 번도 없었기 때문이다. 애벌레는 고치 짜는 것이
자기 무덤을 만드는 거라 생각하고 죽을 준비를 했다.
그때껏 불행한 삶을 살아왔다고 여긴 애벌레는 다시 한
번 신을 향해 한탄했다.
"신이시여, 제가 겨우 제 운명에 익숙해진
순간에, 당신은 제가 가진 작은 것마저 도로
빼앗아가시는군요!"
절망에 빠진 애벌레는 고치 속에 틀어박혀 죽을 날만

기다렸다.

그리고 며칠 뒤, 애벌레는 멋진 나비로 변신해 하늘을 마음껏 날아다녔고, 사람들은 그 모습을 쳐다보며 감탄했다. 애벌레도 삶의 의미와 놀라운 신의 섭리에 감탄을 금치 못했다.

한 나그네가 스케타 수도원에 와서 수도원장을 만나고 싶다고 청했다. 그리고 수도원장에게 말했다.
"저는 더 나은 삶을 살고 싶습니다. 하지만 자꾸 하느님의 뜻을 거스르는 생각이 들어서 죄책감이 생깁니다."
창밖을 바라보던 수도원장은 밖에 바람이 매우 세게 불고 있다는 것을 알았다. 수도원장이 나그네에게 말했다.
"방 안이 무척 덥군요. 밖에서 바람을 조금 붙잡아 안으로 들여보내 방 안을 시원하게 해주시겠습니까?"
"그건 불가능한 일이죠."
수도원장이 말했다.
"하느님의 뜻을 거스르는 생각을 하지 않는 것도 마찬가지로 불가능합니다. 그러나 유혹을 이겨낼 수 있다면, 당신은 그런 생각들로 더 이상 고통받지 않을 겁니다."

005

스승께서 말씀하셨다.

"어떤 일을 하기로 결심했다면, 열심히 한 뒤 결과를 감내해야 한다. 우리는 결과가 어떨지 미리 알 수 없다. 점술은 인간을 돕기 위해 만들어진 것이지 미래를 예측하기 위한 것이 아니다. 점술은 훌륭한 조언이 될 수 있지만 사악한 예언이 될 수도 있다.

예수님이 가르쳐준 기도문 중에 이런 대목이 있다.

'하느님의 뜻이 이루어지이다.'

이 대목을 통해 우리는 문제와 해결책을 엿볼 수 있다.

점술이 미래를 알려준다면 모든 점쟁이가 부자가 되고, 결혼도 하고, 행복하게 살 것이다."

006

제자가 스승에게 말했다.

"저는 수년 동안 진리를 깨닫고자 노력했습니다. 이제 곧 그렇게 될 것 같습니다. 다음 단계는 무엇인지 알고 싶습니다."

스승이 물었다.

"너는 무엇을 해서 생활비를 버느냐?"

"아직 생활비를 벌어본 적이 없습니다. 부모님이 저를 부양하시죠. 하지만 그건 별로 중요한 문제가 아닙니다."

스승이 말했다.

"다음 단계는 삼십 초 동안 해를 쳐다보는 것이다."

제자는 스승님 말대로 했다.

이윽고 스승은 제자에게 주위의 모습을 묘사해보라고 했다.

제자가 대답했다.

"햇빛 때문에 눈이 부셔 주위가 보이지 않습니다."

스승이 말했다.

"진리만 추구하고 책임을 회피하는 사람은 절대 진리를 깨닫지 못한다. 해만 계속 쳐다보는 사람이 결국엔 눈이 멀 듯이 말이다."

007

어떤 남자가 피레네 산맥의 골짜기를 거닐다가 늙은 목동을 만났다. 남자는 자신이 가진 음식을 함께 먹자고 목동에게 청한 뒤, 한동안 그와 함께 시간을 보냈다. 그들은 인생에 대해 이야기를 나누었다.

남자가 신을 믿는 사람은 자유롭지 못하다고 말했다. 신이 그 사람의 일거수일투족을 지배하기 때문이라는 것이었다.

그러자 늙은 목동이 남자를 어느 절벽으로 데리고 갔다. 거기서 소리를 치니 메아리가 무척 또렷하게 울렸다. 목동이 말했다.

"인생은 이 절벽과 같고, 운명은 우리 각자가 내는 외침 소리와 같다오. 우리가 하는 모든 일이 신의 마음에 가 닿고, 신은 같은 방식으로 우리에게 돌려주실 거요. 신은 우리의 행동에 메아리처럼 답하신다오."

008

마크툽은 '그렇게 기록되어 있다'는 뜻이다. 하지만 아랍 사람들에게 '그렇게 기록되어 있다'는 잘된 번역이 아니다. 왜냐하면 모든 것이 이미 기록되어 있다 하더라도, 신은 자비롭고 우리를 돕기 위해서만 펜과 잉크를 사용하기 때문이다.

여행자는 지금 뉴욕에 있다. 느지막이 잠에서 깨어나 호텔을 나서니 자동차가 견인되고 없었다. 그래서 약속 장소에 늦게 도착했고, 점심 식사도 예상보다 길어졌다. 견인된 자동차 때문에 벌금을 내야 할 거라는 데 생각이 미쳤다. 벌금이 꽤 많을 것 같았다. 그러자 불현듯 전날 길에서 주운 1달러가 생각났다. 그 지폐 한 장과 아침에 자동차가 견인된 일 사이의 초자연적 관계를 생각해보았다.

'혹시 그 지폐를 발견할 운명인 사람이 따로 있는데, 내가 먼저 그 지폐를 주운 게 아닐까? 내가 그 1달러를 꼭 필요로 하는 사람에게서 빼앗은 게 아닐까?

이미 기록되어 있는 일을 방해한 건 아닐까?'

그 1달러를 처분해야 할 것 같았다. 바로 그때, 걸인 한 명이 바닥에 앉아 있는 것이 보였고, 여행자는 1달러짜리 지폐를 걸인에게 내밀었다.

그러자 걸인이 외쳤다.

"나는 시인입니다. 감사하는 마음을 담아 당신에게 시 한 편을 읽어드리지요."

"그럼 짧은 것으로 부탁합니다. 내가 좀 바빠서요."

여행자가 대답하자 걸인이 말했다.

"살아 있는 이상, 당신은 도달해야 할 곳에 아직 도달하지 못한 겁니다."

009

제자가 스승에게 말했다.

“저는 하루 대부분의 시간을 생각하지 말아야 할 것들을 생각하고, 바라지 말아야 할 것들을 바라고, 세우지 말아야 할 계획들을 세우며 보냅니다.”

스승이 제자에게 집 뒤의 숲을 산책하자고 제안했다. 스승은 도중에 풀 한 포기를 제자에게 가리키며 그 풀의 이름을 아느냐고 물었다.

제자가 대답했다.

“벨라돈나입니다. 그 잎사귀를 먹으면 목숨을 잃게 되지요.”

“그렇다. 하지만 그냥 보기만 하면 목숨을 잃지 않지. 마찬가지로 네가 나쁜 욕망에 유혹받지 않는다면, 그 욕망은 너에게 아무런 해도 끼치지 못한단다.”

프랑스와 에스파냐 사이에는 산맥이 솟아 있고, 그 산맥 중턱에 아르줄레스라는 마을이 있다. 오솔길 하나가 그 마을을 통과해 골짜기까지 뻗어 있다.
매일 오후 노인 한 명이 그 오솔길을 올라갔다가 다시 내려왔다. 처음 아르줄레스에 왔을 때 여행자는 그 노인을 눈여겨보지 않았다. 그러나 두 번째로 왔을 때 그 노인과 길에서 끊임없이 마주치는 것을 깨달았다.
이후 여행자는 그 마을에 올 때마다 노인의 옷, 베레모, 지팡이, 안경 등 세세한 것들을 유심히 살펴보았다.
그 노인과 잘 아는 사이는 아니지만 지금도 그 마을을 떠올리면 그 노인이 생각난다.
여행자는 딱 한 번 그 노인에게 말을 건넸다.
"우리를 둘러싼 이 아름다운 산맥에 하느님이 살고 계실까요?"
그러자 노인은 이렇게 대답했다.
"하느님은 우리가 들어오시게 하는 곳에 살고 계신다오."

어느 날 저녁, 스승이 제자들을 불러 모닥불을 피우고 모여앉아 이야기했다.

"영적 길은 우리 앞에서 타오르는 이 모닥불과 같다. 불을 피우고 싶은 사람은 숨이 막히고 눈에서 눈물이 나게 하는 연기까지도 받아들여야 한다. 믿음의 회복도 이런 과정을 거친다. 일단 불이 타오르면 연기는 사라지고, 불꽃이 온기와 평화로움을 가져다주며 우리 주변을 환히 밝힌다."

그러자 제자들 중 한 명이 물었다.

"누군가가 우리를 위해 대신 불을 피워주면 어떻게 됩니까? 그 사람이 연기를 피하게 해주면요?"

"그렇다면 그 사람은 거짓 스승일 것이다. 결국 그 사람은 자기가 원하는 곳으로 불을 가져가거나 자기 마음대로 불을 꺼버릴 것이다. 게다가 그 사람이 불 피우는 법을 아무에게도 가르쳐주지 않는다면, 그 사람은 모든 사람을 암흑 속에 버려두는 셈이지."

어떤 여자가 아이 셋을 데리고 캐나다의 깊은 오지에 있는 조그만 농장에 가서 살기로 했다. 영적 묵상에 온전히 몰두하고 싶었던 것이다.

이사한 지 1년도 되기 전에 그녀는 사랑에 빠져 재혼했으며, 성자들의 묵상법을 습득했다. 그리고 아이들이 다닐 학교를 물색했다. 친구를 사귀는 반면 적을 만들기도 했고, 치아 치료를 소홀히 했다가 잇몸에 농양이 생겼다. 눈보라 속에서 히치하이킹을 했고, 자동차 수리하는 법과 얼어붙은 배관을 고치는 법도 배웠다. 살림살이의 고달픔을 알게 되었고, 실업 보조금을 경험했고, 난방을 못해 추위에 떨면서 잠을 잤고, 이유 없이 웃었고, 절망하며 눈물을 흘리기도 했다. 예배당을 지었고, 집을 수리했고, 담벼락에 페인트를 칠했고, 영적 묵상을 위한 강좌를 열었다.

그녀가 말했다.

"결국 기도하는 삶이란 고립을 의미하지 않는다는 걸 깨달았어요. 신의 사랑은 너무도 가없어서 주변 사람들과 나눠 가져야 하죠."

013

스승이 제자에게 말했다.

"네가 탐색의 길을 떠나면 길 초입에 어떤 글이 쓰인 문 하나가 있을 것이다. 돌아와서 그 문에 뭐라고 쓰여 있었는지 말해다오."

제자는 길을 떠났고, 마침내 그 문을 발견했다. 그는 길을 되짚어 스승에게 와서 말했다.

"길 초입에 '들어가지 마시오'라고 쓰여 있었습니다."

스승이 물었다.

"그 글이 어디에 쓰여 있었느냐? 벽에 쓰여 있었느냐, 문에 쓰여 있었느냐?"

"문에 쓰여 있었습니다."

"그러면 손잡이를 잡고 그 문을 열어라."

제자는 스승님 말대로 했다. 문이 돌아가자, 문에 적힌 글도 함께 돌아갔다. 문이 완전히 열린 뒤에는 그 글이 더 이상 보이지 않았다. 제자는 계속 앞으로 나아갔다.

014

스승께서 말씀하셨다.

"눈을 감아라. 아니, 굳이 눈을 감을 필요도 없다.
내가 말하는 장면을 상상만 해보아라. 새 떼가 하늘을
날아가고 있다. 자, 이제 나에게 말해보아라. 그 새들이
모두 몇 마리냐? 다섯 마리? 열한 마리? 열일곱 마리?
정확한 수를 말하기는 힘들 것이다. 너희가 이 질문에

어떤 대답을 하든 한 가지 사실만은 명백하다. 우리가

새 떼를 상상할 수는 있지만, 새의 정확한 수를 정하는

것은 우리의 능력을 벗어난다는 사실이다.

상상 속에 등장하는 새의 수를 누가 결정하느냐?

그것을 결정하는 사람은 우리가 아니다."

015

한 남자가 스케타 수도원에서 멀지 않은 곳에 사는 은자를 방문하기로 했다. 사막을 끝도 없이 걸은 뒤, 마침내 남자는 은자를 만났다.

남자가 은자에게 물었다.

"영적 길을 갈 때 첫째로 명심해야 할 것이 무엇인지 알고 싶습니다."

은자는 남자를 우물가로 데려가 우물물에 비친 자신의 모습을 보라고 했다. 남자는 그렇게 했다. 그러자 은자가 우물물 속에 조약돌을 연거푸 던져넣었다.

"그렇게 조약돌을 던지시니 제 얼굴을 볼 수가 없네요."

남자가 말했다.

은자가 대답했다.

"수면이 흐트러진 물에서 자신의 얼굴을 보지 못하는 것과 마찬가지로, 영적 길을 갈 때 마음이 불안하면 신을 만나지 못합니다. 바로 이것이 당신이 첫째로 명심해야 할 것입니다."

016

여행자는 한때 선禪불교 사원에서 묵상했다. 묵상하던 중 스승이 도장道場 한구석에서 죽비를 가져왔다. 정신을 집중하지 못한 학생들이 손을 들자, 스승은 그들에게 다가가 죽비로 어깨를 세 번씩 내리쳤다. 처음 그 묵상에 참석했을 때, 여행자는 그런 방식이 터무니없다고 생각했다. 그러나 시간이 흐른 뒤에, 영적 고통이 유발하는 어려움을 감지하기 위해서는 그것을 육체적 고통으로 치환할 필요가 있다는 사실을 깨달았다. 성 야고보의 길에서도 어떤 생각이 스스로에게 해가 된다고 여겨질 때마다 검지 손톱을 엄지손가락에 박는 훈련을 받은 적이 있다. 우리는 부정적인 생각이 빚어내는 끔찍한 결과를 너무 늦게 깨닫는다. 하지만 그런 생각들을 육체적 고통으로 치환하면 그 생각들이 우리에게 끼치는 어려움을 이해하게 되고, 마침내 그런 생각들에서 벗어날 수 있다.

루퍼스 존스가 한 말이다.

"나는 신에 도달한다는 구실로 새로운 바벨탑을 쌓는 일에는 관심 없습니다. 그런 탑들은 가증스러워요. 어떤 사람들은 시멘트와 벽돌로 탑을 쌓고, 또 어떤 사람들은 성전聖典으로 탑을 쌓습니다. 다른 사람들은 오래된 의례들에 따라 탑을 쌓고, 또 다른 사람들은 신의 존재에 대한 새로운 과학적 증거들 위에 탑을 쌓지요.

어둡고 고독한 기저부에서부터 쌓아올린 그 탑들 위에 올라가보면 지상이 훤히 내려다보입니다. 그러나 그 탑들에 올랐다고 해서 하늘로 올라갈 수는 없지요. 태곳적부터 되풀이되어 온 그 모든 수고는 언어와 감정의 혼돈만을 가져올 뿐입니다!

우리를 신에게 데려다주는 것은 믿음, 사랑, 기쁨, 그리고 기도뿐입니다."

018

서른두 살 된 환자 하나가 정신치료사 리처드 크롤리에게 상담을 받으러 왔다.

환자가 하소연했다.

"엄지손가락 빠는 버릇을 고칠 수가 없습니다."

크롤리가 대답했다.

"걱정하지 마십시오. 그냥 각각의 요일마다 다른 손가락을 빠세요."

환자는 그 조언을 따르려고 애썼다. 손을 입으로 가져갈 때마다 그날 빨 손가락을 의식적으로 선택했다.

일주일이 못 되어 그는 버릇을 고쳤다.

리처드 크롤리는 이렇게 말한다.

"악덕에 습관이 들면 맞서 싸우기가 쉽지 않습니다. 그러나 그 습관이 새로운 태도, 결정, 선택을 요구하기 시작하면, 우리는 비로소 그 습관이 그런 노력을 기울일 가치가 없다는 사실을 깨닫게 되지요."

019

고대 로마의 무녀巫女 한 무리가 로마의 미래를 담은 책 아홉 권을 펴냈다. 그리고 그 책들을 가지고 티베리우스 황제에게 가서 사라고 했다.

황제가 물었다.

“책값이 얼마냐?”

“금화 백 닢입니다.”

티베리우스 황제는 비싼 책값에 화가 나서 무녀들을 쫓아버렸다.

무녀들은 책 세 권을 불태운 뒤, 다시 황제에게 가서 말했다.

“이 책들을 사십시오. 값은 여전히 금화 백 닢입니다.”

티베리우스 황제는 웃으면서 그 제안을 물리쳤다. 책 아홉 권 값을 내고 여섯 권을 살 이유가 뭐란 말인가?

무녀들은 다시 세 권을 불태우고 남은 세 권을 가지고 또 황제를 찾아갔다.

“책값은 여전히 금화 백 닢입니다.”

호기심이 동한 티베리우스 황제는 결국 책을 샀다.

그러나 그 책들 속에서 제국의 미래에 대한 내용은

찾아내지 못했다.

스승이 말했다.

"눈앞에 기회가 나타났을 때 지나치게 재지 마라.

그것이 삶의 기술 중 하나다."

020

나치 치하 독일에서 랍비 두 명이 박해받는
유대인들에게 영적 위로를 가져다주려고 무척 애썼다.
그들은 두려움에 떨면서도, 2년 동안 박해자들의 눈을
피해 여러 공동체에서 예배를 드렸다.
결국 랍비들이 체포되었다. 첫째 랍비는 곧 닥쳐올 위험
때문에 공포에 질려 쉬지 않고 기도했지만, 둘째 랍비는
한가로이 낮잠을 자며 시간을 보냈다.
두려움에 사로잡힌 랍비가 그에게 물었다.
"어떻게 그리 태평할 수 있소?"
둘째 랍비가 대답했다.
"힘을 마련하기 위해서요. 이제부터는 힘이 필요할
테니까."
"하지만 당신은 두렵지 않소? 어떤 일이 우리를
기다리고 있는지 모른단 말이오?"
"붙잡히기 전까지는 두려웠소. 하지만 이렇게 붙잡힌
이상, 이미 일어난 일을 두려워해 봐야 무슨 소용이

있겠소. 두려움의 시간은 지나갔고, 이제 희망을
가지면 되는 거요."

스승께서 말씀하셨다.

"의지는 조심해야 할 단어이다. 우리가 의지가 없어서 하지 못하는 일이 무엇이고, 위험해서 하지 않는 일이 무엇이냐?

'의지 부족'으로 하지 못하는 일이 하나 있다. 모르는 사람들과 이야기하는 것이다. 우리는 모르는 사람들과 대화하거나, 간단한 접촉을 하거나, 속내를 털어놓는 일이 드물다. 그리고 그러는 편이 좋다고 생각한다. 그러나 그런 식으로 인생을 살면 아무도 돕지 못하고 도움을 받지도 못한다.

다른 사람들과 거리를 두면 우월해 보이고 스스로에 대한 확신이 강한 것처럼 보인다. 그러나 그렇게 하면 다른 사람들의 입을 통해 나오는 천사의 목소리를 듣지 못한다."

022

늙은 은자가 당대에 가장 막강한 권력을 가진 왕의 궁정에 초대받았다.

왕이 은자에게 말했다.

"나는 적은 것으로도 만족하며 사는 당신이 부럽소."

"저는 저보다도 적은 것으로 만족하며 사시는 전하가 부럽습니다."

왕이 기분이 상해서 외쳤다.

"이 나라가 다 내 것인데 어떻게 그런 말을 한단 말이오?"

늙은 은자가 대답했다.

"저는 세상의 음악을 갖고 있습니다. 전 세계의 강과 산을 갖고 있습니다. 달과 해를 갖고 있습니다. 제 마음속에 신이 계시기 때문이지요. 하지만 전하께서 가지신 것은 이 왕국뿐입니다."

023

어느 기사騎士가 친구에게 말했다.

"신의 거처인 산으로 가세나. 신이 우리 인간에게 요구만 한다는 걸, 우리의 짐을 전혀 줄여주지 않는다는 걸 내가 증명해 보일 테니."

"그럼 나는 내 믿음을 보여주기 위해 자네와 함께 가겠네."

친구가 대답했다.

그들은 저녁에 산꼭대기에 다다랐고, 어둠 속에서 신의 목소리를 들었다.

"땅에 있는 돌멩이들을 너희들이 타고 온 말에 실어라."

그러자 기사가 말했다.

"자네 들었나? 우리가 이렇게 힘들게 산에 올라왔는데, 신은 우리의 짐을 더 무겁게 하길 원하지 않나! 나는 절대로 신의 말을 따르지 않을 걸세."

반면 기사의 친구는 신의 말을 따랐다. 그들이 산 밑에 도착하자 동이 터오기 시작했고, 첫 아침햇살이 신실한 기사 친구의 돌멩이들을 비추었다. 그 돌멩이들은 다이아몬드 원석이었다.

스승이 말했다.

"신의 섭리는 헤아리기 힘들다. 그러나 그것은 언제나 우리에게 유익한 쪽으로 작용한다."

024

스승께서 말씀하셨다.

"사랑하는 제자들아, 너희가 아직 알지 못하는 새로운 소식을 전하겠다. 너희가 이 소식을 듣고 비통한 기분을 덜 느끼도록 완화해서 말하고 싶기도 하다. 밝은 색을 칠하고, 천국의 약속과 절대에 대한 비전, 비의秘義적인 설명으로 장식하는 것 말이다. 하지만 그렇게 한다고 해서 근본적으로 해결되는 것은 아무것도 없겠지.

숨을 깊이 들이마시고 마음의 준비를 하거라. 아무래도 나는 직설적으로 말할 수밖에 없구나. 내가 하려는 말의 진실성은 보장할 수 있다. 나는 내가 하려는 말에 전적인 확신을 갖고 있다. 그것은 확실한 예측이고, 거기에는 그 어떤 의심의 여지도 없다.

이제 그 소식을 말하겠다. 너희는 죽을 것이다.

내일, 또는 50년 뒤에. 언젠가 너희는 죽을 것이다.

너희가 동의하지 않는다 해도, 너희가 다른 계획을 갖고 있다 해도.

그러니 오늘 너희가 하는 일에 대해 깊이 생각해라.

내일 하려는 일에 대해서도. 남은 나날 동안 하려는

모든 일에 대해 깊이 생각해라."

025

어느 백인 탐험가가 아프리카 한가운데를 탐험하고 있었다. 그는 한시라도 빨리 목적지에 다다르고 싶은 마음에 원주민 짐꾼들에게 좀 더 빠르게 가면 특별수당을 주겠다고 약속했다. 짐꾼들은 며칠 동안 걸음을 재촉했다.

그러던 어느 날 오후, 짐꾼들은 길 가기를 거부하고 모두 바닥에 주저앉아 짐을 내려놓았다. 탐험가가 돈을 더 많이 줄 수도 있다고 말했지만, 짐꾼들은 꿈쩍도 하지 않았다. 왜 그러는지 이유를 묻자, 그들은 이렇게 대답했다.

"그동안 너무 빨리 걸어와서 우리가 뭘 하고 있는지 알 수가 없을 정도입니다. 잠시 쉬면서 우리의 영혼이 돌아오길 기다려야 해요."

026

성모 마리아가 아기 예수를 품에 안고 지상에 내려와 어느 수도원을 방문했다. 수도사들은 의기양양한 마음으로 줄을 서서 성모 마리아께 경배를 드렸다. 수도사 한 명이 시를 낭송하고, 다른 수도사는 색을 넣어 장식한 성서를 성모 마리아께 보여드렸으며, 또 다른 수도사는 성자들의 이름을 암송했다.
줄 맨 끝에 겸손한 수도사 한 명이 서 있었다. 그의 부모는 서커스에서 일하는 소박한 사람들이었고, 그래서 그는 당대의 현자들 밑에서 공부할 기회를 얻지 못했다. 그가 경배 드릴 차례가 되자, 다른 수도사들은 그 때문에 수도원 이미지가 나빠질까 걱정되어 경배를 그만 마치려 했다.
하지만 그 수도사도 성모 마리아께 자신의 마음을 보여드리고 싶었다. 동료 수도사들이 눈치를 주자, 당황한 그는 얼른 호주머니에서 오렌지 몇 개를 꺼내 부모님이 가르쳐준 대로 저글링을 하기 시작했다.

아기 예수가 그 모습을 보고 방긋 미소를 짓더니 손뼉을 치며 즐거워했다. 성모 마리아는 아기 예수를 그 수도사의 품에 잠시 맡겼다.

027

일관되게 행동하려고 애쓰지 마라. 성 바울도 "세상의 지혜가 하느님이 보시기에는 어리석다"라고 말하지 않았는가?
일관되게 행동한다는 것은 언제나 양말과 잘 어울리는 넥타이를 매는 것, 내일도 오늘과 같은 의견을 가지는 것이다. 하지만 그러면 세상이 어떻게 움직이겠는가?
누군가에게 해를 끼치지 않는 한 너희는 때때로 의견을 바꿀 수 있고, 부끄러움 없이 모순되는 말을 할 수도 있다. 너희는 그럴 권리가 있다. 다른 사람들이 어떻게 생각하는가 하는 것은 별로 중요하지 않다. 그들은 결국 자기 마음대로 생각할 것이기 때문이다.
그러니 마음을 편히 가져라. 세상이 너희 주변에서 움직이도록 내버려두고, 스스로에게 놀라움을 느끼는 기쁨을 누려라. 성 바울은 "하느님은 현자들을 부끄럽게 하기 위해 세상의 어리석은 자들을 선택하셨다"라고 말했다.

028

스승께서 말씀하셨다.

“오늘은 평소 하던 것과 다른 일을 해보는 것이 좋겠다. 일하러 가면서 길에서 춤을 춘다든가, 모르는 사람의 눈을 똑바로 들여다본다든가, 첫눈에 사랑의 말을 속삭인다거나, 언뜻 우스꽝스럽게 느껴지지만 자신이 하고 있는 생각을 상사에게 피력해본다든가, 늘 연주하고 싶었지만 감히 시도하지 못했던 악기를 구입한다든가 하는 것 말이다. 오늘은 그런 하루를 스스로에게 허락해보자.

용인할 수 없는 불의에 눈물을 흘릴 수도 있고, 더 이상 상대하지 않겠다고 다짐한(그러나 내심 자동응답기에 메시지를 남겨주기를 바라는) 누군가에게 전화를 걸 수도 있다. 이런 날은 우리가 매일 아침 쓰는 시나리오와 구분되어야 할 것이다.

오늘 하루는 모든 실수가 허용되고 용서될 것이다. 오늘은 삶을 마음껏 활용하는 하루이다.”

029

수학자 로저 펜로즈가 친구들과 수다를 떨면서
산책하고 있었다. 그들은 길을 건널 때만 입을 다물었다.
펜로즈는 말했다.
"길을 건너는 순간 내 머릿속엔 놀라운 아이디어가
떠오르곤 했다. 하지만 길을 건너자마자 친구들과
다시 대화를 이어갔기 때문에, 몇 초 전에 떠오른
아이디어를 다시 생각해내지 못했다."
오후가 끝나갈 무렵, 펜로즈는 이유도 모른 채 행복감을
느꼈다. 중요한 뭔가를 발견할 것 같은 느낌이 든 것이다.
그는 그날 하루의 순간순간을 되돌아보기로 했다.
길을 건너던 순간을 떠올리니, 그때 떠올랐던
아이디어가 기억 속에 되살아났다. 이번에는 그것을
글로 옮겨보기로 했다. 바로 그것이 현대물리학에
진정한 혁명을 가져온 블랙홀 이론이 되었다. 이
이론은 우리가 길을 건널 때는 항상 입을 다문다는
사실을 펜로즈가 염두에 둔 덕분에 탄생했다.

030

피에트라 강가에 비옥한 초원으로 둘러싸인 수도원이 있다. 그곳은 에스파냐의 사막 지역 한가운데에 자리한 오아시스와 같은 곳이다. 거기서 작은 강이 격류로 변해 여러 개의 폭포로 나뉜다.

여행자는 듣기 좋은 물소리에 귀 기울이며 그 고장을 거닐었다. 어느 폭포 발치에서 동굴 하나가 여행자의 호기심을 끌었다. 여행자는 세월에 의해 반들반들해진 돌들과 자연이 인내심 있게 창조해낸 동굴의 아름다운 형태를 주의 깊게 관찰했다. 그리고 마침내 어느 돌판 위에 쓰인 글을 발견했다. 라빈드라나드 타고르의 시구였다.

이 돌들을 완벽하게 만든 것은 망치가 아니다.
물이 그 부드러움으로, 춤과 노래로 완벽하게 만들었다.

단단함은 주변을 파괴하지만, 부드러움은 조각을 완성한다.

031

한 젊은이가 사막에 사는 성 안토니우스를 만나러 와서 말했다.

"신부님, 저는 가진 것을 모두 팔아 가난한 사람들에게 나눠주었습니다. 이제는 여기서 사는 데 필요한 물건 몇 가지밖에 남은 것이 없습니다. 신부님께서 저에게 구원의 길을 가르쳐주시기 바랍니다."

성 안토니우스는 젊은이에게 도시로 가서 가진 물건들을 모조리 팔고 그 돈으로 고기를 사오라고 말했다.

젊은이는 성 안토니우스의 말대로 했다. 그러나 돌아오는 길에 고기 냄새를 맡은 개와 매들에게 공격을 당했다.

"돌아왔습니다."

겨우 도망쳐 온 젊은이는 찢겨나간 옷과 몸에 난 짐승 발톱 자국을 성 안토니우스에게 보여주며 말했다.

성 안토니우스가 말했다.

"과거에 속한 것을 남겨둔 채 다음 단계로 넘어가려고 하면 그 과거에 의해 상처를 입게 된다."

032

스승께서 말씀하셨다.

"신이 내려주신 은혜를 오늘 전부 활용해라. 은혜를 쌓아놓고 살아선 안 된다. 은혜는 선의에 따라 사용하라고 주신 것이고, 그것을 저금해둘 수 있는 은행은 존재하지 않는다. 활용하지 않으면 그 은혜들은 영영 사라져버린다.

신은 우리가 삶의 예술가라는 것을 알고 계신다. 어떤 날엔 조각을 하라고 점토를 주시고, 어떤 날엔 그림을 그리라고 붓과 캔버스를 주시고, 글을 쓰라고 펜을 주시기도 한다. 하지만 그림 그리는 데 점토를 사용할 수 없고, 조각하는 데 펜을 사용할 수 없다.

우리의 일상은 나날이 기적이다. 그러니 축복을 받아들여라. 오늘 너의 작은 예술 작품을 창조해라. 그러면 내일 새로운 축복을 받을 것이다."

033

스승께서 말씀하셨다.

"많은 사람들이 행복을 두려워한다. 행복은 자신의 습관 중 일부를 고치거나 정체성을 잃는 것을 의미한다고 여기기 때문이다.

우리는 자신에게 일어나는 좋은 일들을 누릴 자격이 없다고 생각할 때가 많다. 그 일들을 받아들이면 신께 빚지는 느낌이 들기 때문이다.

그러고는 이렇게 생각한다. '기쁨의 잔을 맛보지 않는 편이 더 나아. 일단 맛을 보면 잔이 비었을 때 끔찍이도 괴로울 테니까.'

우리는 다시 작아질까 두려워 자라는 것을 포기한다.

울게 될 것이 두려워 웃는 것을 포기한다."

034

어느 날 오후, 스케타 수도원에서 두 수도사 사이에 말다툼이 벌어졌다. 수도원장 시조이스 신부가 한 수도사에게 그를 공격한 수도사를 용서하라고 했다. 수도사가 대답했다.

"말도 안 됩니다! 이 사람이 먼저 저를 공격한 걸요. 이 사람은 대가를 치러야 해요."

그러자 시조이스 신부는 두 팔을 들고 하늘을 향해 기도하기 시작했다.

"주 예수여, 우리는 더 이상 당신이 필요 없습니다. 우리는 우리를 공격한 자들로 하여금 대가를 치르게 할 수 있습니다. 우리 손으로 복수할 수 있고, 선과 악을 감시할 수 있습니다. 그러니 주여, 우리에게서 멀리 떨어져 계셔도 됩니다."

부끄러움을 느낀 수도사는 즉시 형제를 용서했다.

035

제자 하나가 스승에게 물었다.

"모든 스승님이 영적 보물은 혼자서 발견하는 거라고 말씀하십니다. 그런데 왜 우리는 함께 지내나요?"

스승이 대답했다.

"외따로 떨어져 있는 나무 한 그루보다 숲이 더 강하기 때문이다. 숲은 습기를 머금고 있고, 폭풍우를 잘 견뎌낸다. 그리고 토지를 비옥하게 만든다. 하지만 나무의 뿌리는 다른 초목이 자라도록 돕지 못한다. 공동의 목표를 가지고 함께 지내는 것, 그리고 각자가 자신의 방식으로 발전하도록 돕는 것, 이것이 신과 공감하고자 하는 사람들이 가야 할 길이다."

036

여행자가 열 살 때, 어머니는 여행자를 억지로 체육 강좌에 보냈다. 거기서 가르치는 과목 중 다리 위에서 강물 속으로 뛰어드는 것이 있었다. 여행자는 물속에 뛰어드는 것이 죽을 만큼 무서워서 항상 줄 맨 끝에 가서 섰고, 다른 아이들이 물속으로 뛰어들 때마다 곧 내 차례가 올 거라는 생각에 괴로워했다.

어느 날 선생님이 여행자가 무서워하는 것을 알고 억지로 첫 번째로 뛰어내리게 했다. 그랬더니 두려움이 완전히 사라지지는 않았지만, 상황이 빠르게 지나가는 바람에 용기를 낼 수 있었다.

스승께서 말씀하셨다.

"살다 보면 여유를 가져야 할 때가 많다. 그러나 가끔은 소매를 걷어붙이고 상황과 대면해야 한다. 그럴 때 행동을 나중으로 미루는 것보다 더 나쁜 것은 없다."

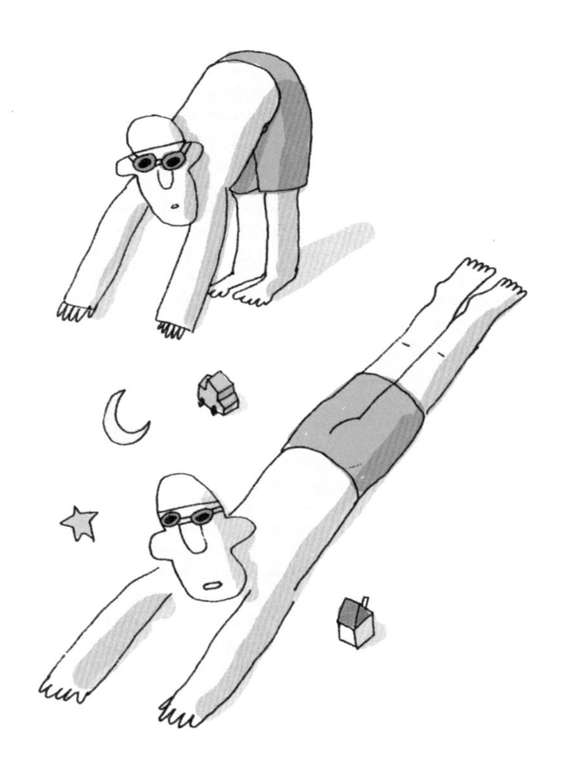

037

어느 날 아침, 부처가 제자들에게 둘러싸여 앉아 있었다. 한 남자가 그들을 보고 다가와 부처에게 물었다.

"신은 존재합니까?"

"존재합니다."

점심을 먹은 뒤, 또 다른 남자가 와서 물었다.

"신은 존재합니까?"

"아니요, 존재하지 않습니다."

시간이 흐른 뒤, 세 번째 남자가 와서 똑같은 질문을 했다.

"신은 존재합니까?"

"그건 당신이 결정할 일입니다."

듣고 있던 제자 한 명이 외쳤다.

"스승님, 이해가 되지 않습니다. 어떻게 똑같은 질문에 각각 다른 대답을 하실 수 있습니까?"

부처가 대답했다.

"사람이 모두 다르기 때문이다. 저 사람들은 각자 자신의 방식으로, 확신, 부정 또는 의심을 통해 신께 다가갈 것이다."

038

우리는 모두 행동하고, 해결책을 찾아내고, 적절한 조치를 취하고 싶어한다. 그래서 항상 계획을 세운다. 계획 하나를 완수하면 다른 계획으로 넘어가고, 다시 또 다른 계획을 세운다.
여기에 잘못된 점은 없다. 요컨대 우리는 그런 식으로 끊임없이 세상을 건축하고 변화시킨다. 그러나 경배도 삶의 일부다.
이따금 걸음을 멈추고 자아로부터 빠져나와 우주 앞에 조용히 머물러보아라. 몸과 마음을 다해 무릎을 꿇어라. 아무것도 묻지 말고, 생각하지 말고, 무엇에 대해 고마워하지도 마라. 그저 너를 감싸는 신의 사랑을 조용히 경험해라. 그 순간 예기치 않게 눈물이 솟아오를 수도 있다. 그 눈물은 기쁨에서 나온 것도, 슬픔에서 나온 것도 아니다.
놀라지 마라. 그것은 선물이다. 그 눈물이 너의 영혼을 씻어줄 것이다.

039

스승께서 말씀하셨다.

"만약 울어야 한다면 어린아이처럼 울어라. 예전에 너는 어린아이였고, 우는 것은 네가 최초로 배운 것들 가운데 하나다. 그리고 삶의 일부다. 너는 자유로운 존재임을, 감정을 드러내는 것은 부끄러운 일이 아님을 잊지 마라. 원하는 만큼 시끄럽게 소리 내어 울어라. 흐느껴 울어도 좋다. 어린아이들은 그렇게 울고 마음을 진정시키니 말이다.

어린아이들이 어떻게 울음을 그치는지 살펴본 적이 있는가? 새로운 대상으로 관심이 쏠리면 재빨리 울음을 그친다.

네가 해야 할 일이 바로 그것이다. 어린아이처럼 울 수만 있다면 말이다."

040

여행자가 포트로더데일에서 변호사인 여자 친구와 점심을 먹고 있었다. 옆 테이블에서 한 남자가 술에 취해 무척 흥분해서 똑같은 말을 시끄럽게 되뇌었다. 여자 친구가 그 남자에게 조용히 해달라고 요청했다. 하지만 남자는 계속 고집을 부리며 이렇게 말했다.

"왜 그러시죠? 나는 술 마시지 않은 남자라면 결코 하지 않을 방식으로 사랑에 대해 이야기했습니다. 내 기쁨을 보여주었고, 낯선 사람들과 의사소통도 시도했어요. 그게 뭐 잘못됐습니까?"

"때가 적절하지 않잖아요."

여자 친구가 대답했다.

"그럼 자신의 행복을 표현해도 좋은 때가 따로 있단 말입니까?"

이 말을 듣고 우리는 그 남자에게 우리 테이블에 합석하라고 청했다.

스승께서 말씀하셨다.

"우리는 각자의 몸을 잘 돌봐야 한다. 우리의 몸은 성령이 머무는 신전이며 존경과 사랑을 받을 가치가 있다. 우리는 주어진 시간을 최대한 잘 활용해야 한다. 꿈을 위해 투쟁하고, 그것을 이루기 위해 노력을 기울여야 한다.

그러나 삶이 소소한 기쁨들로 이루어져 있음을 잊어서는 안 된다. 그 기쁨들은 탐색의 길에서 우리를 자극하고, 돕고, 매일의 전투에서 우리에게 휴식의 순간을 선사한다.

사람이 행복해지는 것은 죄가 아니다. 영양 섭취, 수면, 쾌락의 규칙들을 가끔 위반하는 것 역시 죄악이 아니다.

때때로 하찮은 일에 시간을 허비하게 되어도 죄책감을 느끼지 마라. 그런 소소한 기쁨이 우리에게 매우 큰 활력을 가져다준다."

042

피아니스트 아르투르 루빈스타인이 뉴욕의 고급 레스토랑에서 열린 오찬 자리에 지각했다. 친구들이 걱정하고 있는데, 루빈스타인이 그보다 무척 어려 보이는 매혹적인 금발 여인과 함께 모습을 드러냈다. 평소 그는 인색하기로 유명했는데, 그날은 값비싼 요리와 고급 포도주를 아낌없이 주문했다. 식사가 끝나자, 그는 입가에 미소를 띤 채 음식 값을 지불했다. 그리고 친구들에게 말했다.

"자네들이 모두 놀란 것을 나도 아네. 실은 오늘 아침에 내가 유언장을 준비하려고 공증인을 찾아갔다네. 딸과 친척들에게 상당한 재산을 남기고, 자선단체에 기부도 많이 하기로 했지. 그런데 그 유언장 속에 나는 등장하지 않는다는 걸 불현듯 깨달았어. 전부 다른 사람들을 위한 내용이었네! 그래서 이제부터는 나 자신을 좀 더 후하게 대접하기로 마음먹었다네."

043

신의 말씀을 전파하기 위해 스승과 제자들이 함께 여행을 했다. 그런데 스승이 잠시 외출한 사이에 그들이 묵는 집에 불이 났다.
제자들 중 하나가 말했다.
"스승님께서 이 집을 우리에게 맡기셨는데, 우리가 제대로 관리하지 못했어."
제자들은 불탄 집을 즉시 복구하기 시작했다. 스승이 예정보다 일찍 돌아와 제자들이 일하는 모습을 보고 기뻐하며 말했다.
"이런, 집이 더 좋아졌구나. 새 집이 되었어!"
제자들 중 하나가 당황스러워하며 저간의 사정을 솔직하게 털어놓았다. 실은 불이 나서 집이 망가졌었다고.
그러자 스승이 대꾸했다.
"지금 네가 하는 이야기가 나는 잘 이해되지 않는구나. 내가 보기에 너희들은 인생의 새로운 단계를 시도하는 것 같은데 말이다. 갖고 있던 유일한 재산을 잃은 사람은 다른 사람들보다 좋은 위치에 서는 셈이다. 이후로는 무엇이든 얻을 수 있기 때문이다."

044

스승께서 말씀하셨다.

"너희가 꿈의 길을 가고 있다면 그 길에 온전히 몸을 바쳐라. 빠져나갈 문을 마련해놓지 마라. 이를테면 이런 변명 말이다. '이건 내가 원했던 것이 아니야.' 이런 말에는 실패의 씨앗이 내포되어 있다.

더 잘할 수 있을 때도, 불확실한 걸음을 내디뎌야 할 때도 그 길을 스스로 감당해라. 현재의 가능성을 받아들인다면, 앞으로 틀림없이 발전할 것이다. 반대로 한계를 설정한다면, 결코 거기서 해방되지 못할 것이다.

용기를 가지고 너희의 길을 살펴라. 남들의 비판을 두려워하지 마라. 특히 스스로 부족하다고 여기고 주눅 들지 마라.

너희가 잠 못 이루는 밤에 신께서 너희와 함께 계실 것이다. 신의 사랑이 너희가 남몰래 흘리는 눈물을 닦아줄 것이다. 신은 용감한 자들 편이다."

045

스승이 제자들에게 먹을 것을 구해오라고 했다. 여행 중이었기 때문에 제대로 된 식사를 하기가 힘들었다. 저녁이 되자 제자들이 하나둘 돌아왔다. 각자 사람들에게 동냥한 음식을 조금씩 가지고 왔다. 너무 익어서 거의 썩다시피 한 과일, 눅눅한 빵, 시큼한 포도주 등이었다.

그런데 제자 하나가 마침맞게 익은 사과 한 자루를 가지고 왔다.

제자가 사과를 나눠주며 말했다.

"저는 스승님과 형제들을 위해 항상 최선을 다할 겁니다."

스승이 그에게 물었다.

"이 사과를 어디서 찾아냈느냐?"

"훔쳐야 했습니다. 사람들이 주는 건 상한 음식뿐이었거든요. 우리가 신의 말씀을 전한다는 걸 잘 알면서도 말입니다."

그러자 스승이 소리쳤다.

"그 사과를 가지고 당장 떠나라. 그리고 다시는 돌아오지 마라! 나를 위해 물건을 훔치는 자는 결국 나를 훔칠 것이다."

046

우리는 꿈과 이상을 좇아 세상을 편력한다. 그러나 손 닿는 곳에 있던 일을 실현 불가능하게 만들어버리는 경우도 많다. 실수를 저지른 뒤에야, 가까운 곳에 있는 것을 멀리서 찾느라 시간을 허비했음을 깨닫는다.
실족한 것, 무익한 탐색을 한 것, 그리고 슬픔을 유발한 것에 죄의식을 느낀다.
스승께서 말씀하셨다.
"집에 보물이 묻혀 있어도 일부러 찾지 않을 때만 발견할 수 있다. 예수를 부인하는 과오를 저지르지 않았다면 베드로는 교황이 되지 못했을 것이다. 집 나간 아들이 모든 것을 탕진하지 않았다면 아버지의 환대를 받지 못했을 것이다.
인생의 어떤 것들은 마치 이렇게 말하는 듯하다. '너는 나를 잃었다가 되찾았을 때에야 내 가치를 깨달을 것이다.' 그 과정을 단축하려 해봐야 아무 소용 없다."

047

스승이 아끼는 제자에게 영적인 면에서 발전을 이루었느냐고 물었다. 그러자 제자는 매순간 신께 헌신할 수 있게 되었다고 대답했다.

스승이 말했다.

"그렇다면 원수들을 용서할 일만 남았구나."

제자는 그 말에 충격을 받고 벌떡 일어섰다.

"굳이 그렇게까지 할 필요가 있나요! 저는 제 원수들에게 화가 나지 않는데요!"

스승이 물었다.

"신께서 너에게 화를 내신다고 생각하느냐?"

"그야 물론 아니죠!"

스승이 말했다.

"그래도 너는 신께 용서를 구하지 않느냐. 네가 원수들을 미워하지 않는다 해도 그들을 용서해라. 용서는 사람의 마음을 깨끗하고 향기롭게 해준다."

048

툴롱 포위 공격 때 청년 나폴레옹은 맹렬한 포격을 보고 사시나무 떨 듯 떨었다. 그 모습을 본 어느 병사가 동료들에게 말했다.

"저 친구 좀 봐. 무서워서 죽으려고 해!"

그 말을 듣고 나폴레옹이 말했다.

"맞아. 하지만 나는 계속 싸울 거야. 만약 너희들이 내가 느끼는 두려움을 절반이라도 느꼈다면 벌써 오래전에 도망쳐버렸을걸."

스승께서 말씀하셨다.

"두려움을 느낀다는 것이 곧 비겁하다는 뜻은 아니다. 두려움은 어떤 상황에서 용감하고 위엄 있는 행동을 하게 해준다. 두려움을 느끼지만 주눅 들지 않고 전진하는 사람은 용감한 사람이다. 반대로 위험을 고려하지 않고 어려운 상황에 맞서는 사람은 무책임한 사람이다."

049

여행자가 성 요한 축제에 참석하게 됐다. 노점이 들어섰고, 활터가 마련되었고, 간단한 음식들도 있었다.

옆에 있던 광대가 여행자의 몸짓을 흉내 냈다. 그 모습을 보고 사람들이 웃었고, 여행자도 즐거웠다.

여행자는 광대에게 커피 한잔 하자고 청했다. 두 사람은 대화를 나누었다.

광대가 여행자에게 말했다.

"삶에 투신하세요! 살아 있는 사람은 팔을 휘두르고, 펄쩍펄쩍 뛰고, 시끄럽게 소리 내고, 웃고, 다른 사람들과 대화를 나눠야 합니다. 삶은 죽음의 반대니까요. 죽는 것은 한곳에 영원히 머무르는 것입니다. 지나치게 조용하다면 그건 살아 있는 게 아니죠."

050

막강한 권력을 가진 군주가 등의 통증 때문에 고생하고 있었다. 그는 사제를 불렀다. 사람들이 말하길 그 사제에게 통증을 낫게 하는 능력이 있다고 했던 것이다.

사제가 말했다.

"신께서 우리를 보살펴주실 겁니다. 하지만 저는 우선 통증의 원인을 알고 싶습니다. 마음속에 담아둔 것들을 털어놓으면 어려움과 맞설 수 있고 많은 것들로부터 해방되지요."

그러고 나서 마치 이웃을 대하듯 인생에 관해, 나라를 다스리면서 겪는 불안과 고민에 관해 왕에게 질문하기 시작했다. 왕은 복잡한 문제들을 떠올려야 한다는 사실에 짜증이 나서 퉁명스러운 어조로 말했다.

"나는 그런 이야기를 하고 싶지 않소. 부탁이니 질문하지 않고 치료해줄 사람을 불러오시오."

사제는 자리를 떴다가 30분 뒤 사람 한 명을 데리고 돌아왔다.

사제가 말했다.

"전하께 필요한 사람을 데려왔습니다.

제 친구인데 수의사입니다. 이 친구는 치료할 때

환자들과 대화를 나누지 않더군요."

051

제자와 스승이 아침에 들판에서 산책을 하고 있었다. 제자가 스승에게 정결해지는 데 도움이 되는 음식이 있느냐고 물었다. 스승은 모든 음식이 신성하다고 말했다. 그러나 제자는 그 말을 믿으려 하지 않았다. 제자가 거듭 물었다.

"그래도 신께 가까이 가게 해주는 음식이 뭔가 있을 것 같은데요."

스승이 대답했다.

"네 말이 맞을지도 모르겠구나. 이를테면 이 버섯 같은 것."

제자는 무척 흥분했다. 그 버섯이 자신을 정화해주고 법열法悅의 경지에 이르게 해줄 거라 생각한 것이다. 그러나 버섯을 따려고 몸을 숙인 그는 공포에 찬 비명을 내질렀다.

"이건 독버섯이잖아요! 이걸 먹었다면 저는 그 자리에서 죽었을 겁니다!"

스승이 말했다.

"맞는 말이다. 나는 이것만큼 너를 신께 가까이 가게 해줄 음식이 무엇인지 모르겠구나."

052

1981년 겨울, 여행자는 프라하의 거리를 아내와 함께 산책하다가 주변의 건물들을 데생하고 있는 한 소년을 보았다.
소년의 데생들 중 하나가 여행자의 마음에 들었고, 여행자는 그것을 사기로 마음먹었다. 돈을 건넬 때 보니 기온이 영하 5도인데 소년이 장갑을 끼고 있지 않았다.
여행자가 물었다.
"왜 장갑을 끼지 않았니?"
"연필을 쥐어야 해서요."
소년이 대답했다.
그들은 프라하에 대해 조금 대화를 나누었고, 소년은 여행자 아내의 초상화를 공짜로 그려주겠다고 제안했다.
데생이 완성되길 기다리는 동안, 여행자는 신기한 일이 일어났음을 깨달았다. 두 사람이 각자 자신의 언어를 사용해 거의 5분 동안 수다를 떤 것이다. 그들은 손짓, 웃음, 그리고 몸짓에 의지해 대화했다. 뭔가를 공유하겠다는 의지가 그들을 말 없는 언어의 세계로 들여보내준 것이다.

053

친구가 핫산을 어느 회교 사원의 문 앞으로 데려갔다.

문 앞에서 맹인 한 명이 동냥을 하고 있었다.

친구가 말했다.

"저 맹인은 우리나라에서 가장 지혜로운 사람이라네."

핫산이 그 맹인에게 물었다.

"언제부터 앞을 보지 못하셨습니까?"

"태어날 때부터요."

"그래서 현자가 되신 겁니까?"

맹인이 대답했다.

"나는 천문학자가 되고 싶었다오. 그러나 맹인이어서 하늘을 보지 못했기 때문에 별, 태양, 성운星雲을 머릿속으로 상상할 수밖에 없었지요. 그렇게 신의 작품에 다가갈수록 신의 지혜에 가까워질 수 있었다오."

054

에스파냐 올리테 근처의 외딴 마을 술집에서, 술집 주인이 쓴 다음과 같은 벽보를 읽었다.

내가 질문의 답을 찾았을 때, 질문들이 모두 바뀌었다.

스승께서 말씀하셨다.

"우리는 항상 질문의 답을 찾는 데 몰두한다. 그 답들이 삶의 의미를 깨닫는 데 매우 중요하다고 여긴다. 하지만 그것보다는 삶을 충만하게 살고 시간이 우리에게 존재의 비밀들을 드러내도록 하는 것이 훨씬 더 중요하다. 의미를 찾는 데 지나치게 몰두하면 자연의 섭리가 작용하지 못한다. 그렇게 되면 신의 표적을 읽을 수가 없다."

055

오스트레일리아의 어느 전설에 누이 셋과 함께 길을 가던 마법사의 이야기가 나온다.

당대의 가장 영웅적인 전사戰士가 그에게 다가와 말을 건넸다.

"이 아름다운 아가씨들 중 한 명과 결혼하고 싶소."

그러자 마법사가 대답했다.

"한 명이 결혼하면 다른 두 아이가 힘들어할 겁니다. 그래서 저는 전사가 아내 셋을 거느릴 수 있는 부족을 찾고 있습니다."

그들은 여러 해 동안 오스트레일리아 대륙을 헛되이 떠돌았다. 그러느라 지치고 나이 들었다.

누이들 중 하나가 말했다.

"그 전사의 제안을 받아들였다면 적어도 우리 중 한 명은 행복해졌을 텐데."

마법사가 대꾸했다.

"그래, 내 판단이 틀렸구나. 하지만 이젠 너무 늦었어."

마법사는 세 누이를 돌덩이로 변하게 했다. 한 사람의 행복이 다른 사람에게 슬픔이 되지는 않는다는 것을 지나가는 모든 사람에게 일깨우기 위해서였다.

056

저널리스트 바그너 카렐리가 아르헨티나 작가 호르헤 루이스 보르헤스를 인터뷰하러 갔다.
인터뷰가 끝난 뒤에도 그들은 단어들 너머에 존재하는 언어에 대해, 이웃을 이해하는 인류의 무한한 능력에 대해 이야기를 나누었다.
"예를 하나 들어보겠소."
보르헤스는 외국어로 뭔가를 말하기 시작했다.
말을 마친 뒤, 그는 자신이 방금 무엇을 낭송했는지 아느냐고 카렐리에게 물었다.
카렐리가 입을 열기도 전에 카렐리와 함께 온 사진기자가 외쳤다.
"주기도문입니다."
보르헤스가 말했다.
"맞았소. 방금 나는 핀란드어로 주기도문을 읊었다오."

서커스단의 동물 조련사가 코끼리를 길들이는 매우 간단한 방법을 고안했다. 코끼리가 아직 어릴 때 단단한 나무에 코끼리의 발 하나를 묶어놓는다. 그러면 코끼리는 아무리 애를 써도 나무에서 벗어날 수 없다. 시간이 흐르면서 코끼리는 나무가 자기보다 강하다고 생각하게 된다. 그러면 완전히 자라 힘이 무척 세져도 나무에서 벗어날 생각을 하지 않는다.
우리의 발 역시 코끼리의 발처럼 허술한 관계들에 묶여 있다. 그러나 어릴 때부터 나무의 힘에 익숙해 있기 때문에 감히 투쟁하지 못한다. 용기를 내어 한 걸음만 내디뎌도 자유를 얻을 수 있다는 사실을 알지 못한 채 말이다.

058

신神에 대한 설명을 들으려고 해봐야 아무 소용 없다. 미사여구를 듣게 될지도 모르지만, 사실 그 말들은 공허하다. 마찬가지로, 백과사전에서 사랑에 관한 내용을 전부 읽고도 사랑한다는 것이 무엇인지 모를 수도 있다.

스승께서 말씀하셨다.

"신이 존재한다는 것 또는 존재하지 않는다는 것을 증명할 수 있는 사람은 아무도 없다. 인생에서 어떤 것들은 경험을 통해서만 알 수 있으며, 결코 말로 설명할 수 없다.

사랑이 그런 것에 속한다. 신(신은 사랑이다)도 마찬가지다. 예수께서 '천국은 어린아이들의 것이다'라고 말씀하신 데서 알 수 있듯이, 믿음이란 말로 설명하기 힘든 어린아이의 경험이다.

신은 절대 너희의 머릿속에 들어오시지 않는다. 너희의 마음속을 지나가실 뿐이다."

059

수도원장이 말했다. 요한 형제는 기도를 많이 해서 더는 걱정거리가 없다고. 유혹에 흔들리지 않게 되었다고.
이 말이 스케타 수도원의 어느 현자의 귀에 가 닿았다.
어느 날 저녁, 현자는 식사를 마친 뒤 수습 수도사들을 불러서 말했다.
"요한 형제가 더 이상 유혹에 흔들리지 않게 되었다는 이야기를 너희도 들었을 것이다. 하지만 사람이 투쟁하지 않으면 마음이 약해진다. 요한 형제에게 큰 유혹을 가져다주시라고 하느님께 기도하자.
요한 형제가 그 유혹을 이겨내면, 또 다른 유혹을 가져다주시라고 기도하자. 형제가 유혹에 맞서 투쟁할 때, 우리는 그가 '주여, 이 악마가 저에게서 물러가게 해주십시오'라고 말하지 않고 '주여, 이 악마에 맞설 힘을 저에게 주십시오'라고 말하도록 기도해줘야 한다."

하루 중 우리의 시각視覺이 불분명해지는 순간이 있다. 바로 석양 무렵이다. 이때에는 빛과 암흑이 서로 만난다. 온전히 밝은 것도 없고 온전히 어두운 것도 없다. 그래서 많은 영적 전통에서 이 순간을 신성한 순간으로 여긴다.

가톨릭 전통에서는 저녁 여섯 시가 되면 〈아베 마리아〉를 낭송하라고 가르친다. 케추아족은 오후에 친구를 만나 석양까지 함께 있으면 "안녕" 하고 다시 인사한다.

석양은 인간과 지구 사이의 균형이 테스트받는 시간이다. 신은 지구가 계속 돌 수 있는지 보기 위해 빛과 어둠을 뒤섞는다.

지구가 어둠에 겁먹지 않으면 밤이 지나가고, 다음 날엔 새로운 태양이 빛난다.

061

독일 철학자 쇼펜하우어가 고민되는 질문들의 답을 찾으며 드레스덴 거리를 산책하고 있었다. 그러다 어느 정원 앞을 지나가게 되었고, 잠시 그곳에 머물면서 꽃들을 구경하기로 마음먹었다. 이웃에 사는 주민 하나가 그의 행동을 수상하게 여겨 경찰을 불렀다. 몇 분 뒤, 경찰관이 그에게 다가와 퉁명스러운 어조로 물었다.

"당신은 누구요?"

쇼펜하우어는 그 경찰관을 머리부터 발끝까지 훑어본 뒤 말했다.

"당신이 그 질문에 대답해줄 수 있다면, 나는 당신에게 영원히 감사하겠소."

062

지혜를 찾아 헤매던 한 남자가 산에 가기로 했다. 사람들 말이, 신이 2년마다 한 번씩 그곳에 나타나신다고 했기 때문이다.

산에 간 첫 해에, 그는 그곳 땅에서 나는 것들을 먹고 살았다. 그러나 다음 해가 되자 더 이상 먹을 것이 없어서 도시로 돌아가야 했다.

그가 외쳤다.

"신은 부당하십니다! 그분의 목소리를 들으려고 내가 오랫동안 그곳에 머물렀건만, 신은 나를 보지 못하셨어요. 먹을 것도 다 떨어졌습니다. 그래서 그분의 목소리를 듣지 못하고 이렇게 떠나왔어요."

그때 천사가 나타나서 말했다.

"신께서는 당신과 이야기하길 무척 원하셨어요. 일 년 내내 당신을 먹여주셨고요. 또 내년에는 당신 스스로 먹을 것을 조달하기를 바라셨죠. 하지만 당신은 땅에 무엇을 심었나요? 자신이 사는 곳에서 열매를 가꾸지 못하면, 그 사람은 신과 이야기할 준비가 되어 있지 않은 거예요."

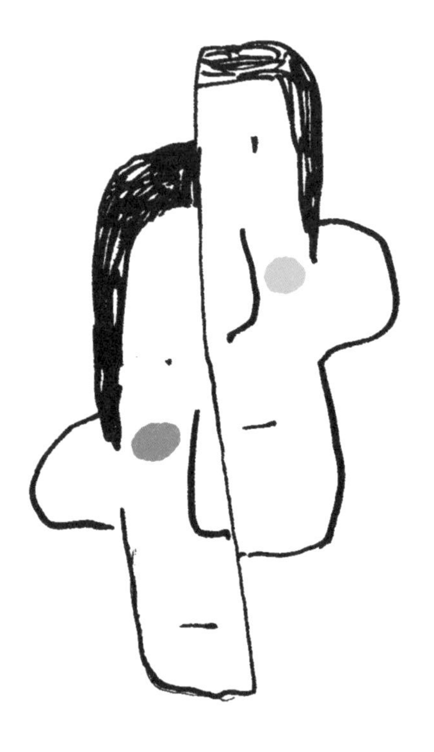

063

우리는 가끔 이런 생각을 한다. '스스로 속박을 선택하는 것이 인간의 자유라고 말할 수 있을까? 나는 하루에 여덟 시간 일해. 승진하면 열두 시간을 일하게 되겠지. 결혼도 했기 때문에 나 자신을 위한 시간이 전혀 없어. 신을 믿으니 예배, 미사 등 종교의식에도 참석해야 하지. 그러다 보니 사랑, 일, 믿음 등 삶에서 중요한 것들이 모두 무거운 짐으로 변해버렸어.'
스승께서 말씀하셨다.
"사랑만이 우리에게 출구를 마련해준다. 우리가 하는 일에 대한 사랑만이 속박을 자유로 변화시킨다. 네가 하는 일을 사랑할 수 없다면, 즉시 그만두는 것이 좋다.
예수께서는 이렇게 말씀하셨다. '만일 네 왼쪽 눈이 너를 실족케 하면 그것을 뽑아버려라.' 몸 전체가 암흑 속에 빠지느니 차라리 한쪽 눈을 잃는 것이 낫다."
가혹하게 들릴지 모르지만 맞는 말이다.

064

어느 은자가 일주일에 한 번만 음식을 먹으면서 꼬박 일 년 동안 단식을 했다. 그런 다음, 성서의 어느 구절에 담긴 심오한 의미를 깨닫게 해달라고 신께 간구했다. 하지만 아무런 응답도 받지 못했다.

그는 속으로 생각했다.

'이게 무슨 시간 낭비람! 그토록 힘들게 고행을 했는데, 신께서는 나에게 응답을 주시지 않아! 이곳을 떠나 이 구절의 의미를 알 만한 수도사를 만나 보는 게 좋겠어.'

그때 천사가 나타나 그에게 말했다.

"당신은 지난 일 년 동안 단식을 했지만, 덕분에 자신이 다른 사람들보다 낫다는 생각을 하게 되었을 뿐이에요. 신께서는 교만한 사람의 기도에 귀 기울이지 않으세요. 하지만 당신이 동료에게 도움을 청해야겠다고 겸손하게 생각한 순간, 신께서 나를 보내셨어요."

그런 다음 은자가 알고 싶어 하는 것을 가르쳐주었다.

065

스승께서 말씀하셨다.

"의미를 명확하게 이해할 수 있도록 잘 만들어진 단어들이 있다.

'염려préoccupation'라는 단어를 예로 들어보자. 이 단어는 'pré'와 'occupation'으로 나뉜다. 여기서 알 수 있듯이, 이 단어는 어떤 일이 일어나기도 전에 미리 걱정하는 것을 뜻한다.

아직 일어나지도 않은 일을 걱정해서 무엇 하겠느냐? 절대 걱정하지 마라. 걱정할 시간에 너의 운명과 네가 갈 길에 주의를 기울여라. 너에게 맡겨진 빛의 검을 잘 다루기 위해 알아야 할 것들을 배워라. 친구들, 스승들, 적들이 어떻게 분투하는지 잘 살펴보아라.

충분히 훈련해라. 그러나 적이 너에게 어떤 타격을 가할지 다 안다고 믿는 최악의 실수는 저지르지 마라."

066

여행자와 그의 아내는 크리스마스이브에 피레네 산맥 어느 마을에 딱 하나 있는 식당에서 저녁을 먹으며 저물어가는 한 해를 결산했다. 여행자가 자신의 바람대로 이루어지지 않은 어떤 사건을 이야기하며 한탄했다.

그동안 그의 아내는 식당에 장식되어 있는 크리스마스트리를 골똘히 응시하고 있었다. 여행자는 아내가 자신의 이야기에 별로 관심이 없는 것 같다고 생각해, 화제를 바꾸려고 이렇게 말했다.

"그 트리 장식 참 예쁘네."

그러자 아내가 대꾸했다.

"그러게 말이야. 하지만 잘 들여다보면 수십 개의 전구 중에 불이 들어오지 않은 전구가 하나 있어. 내 생각에 당신은 지난 한 해 동안 당신을 밝혀준 수많은 전구들 대신, 불이 들어오지 않은 단 하나의 전구만 보는 것 같아."

067

오늘은 금요일이다. 각자 집으로 돌아가 주중에 미처 읽지 못한 신문을 집어들어라. 텔레비전을 무음 상태로 켜고, 음반을 틀어라. 텔레비전 리모컨을 눌러 다른 채널로 넘어가라. 그리고 음악에 귀 기울이며 신문을 뒤적여라. 신문에 특별한 뉴스가 없고, 텔레비전에서 나오는 프로그램도 재방송이다. 음반 역시 이미 수십 번은 들은 것이다. 아내는 자신이 왜 그래야 하는지 진정으로 납득하지도 못한 채 찬란한 젊음을 희생해 아이들을 돌보고 있다.
'그래, 이런 것이 인생이야!'라는 변명이 너의 머릿속을 스칠 것이다. 하지만 인생은 그런 것이 아니다. 인생은 환희이다. 네 환희를 어디에 숨겨놓았는지 생각해보아라. 아내 그리고 아이들과 함께 시간을 보내라. 너무 늦기 전에 숨겨놓은 환희를 찾아내라. 인생에서 사랑 때문에 꿈을 추구하지 못하는 경우는 없다.

068

악마가 다른 악마에게 말했다.

"저기 길을 걷고 있는 경건한 사람이 보이나? 내가 가서 저 사람의 영혼을 빼앗아보겠네."

다른 악마가 대답했다.

"저 사람은 자네 말에 현혹되지 않을 걸세. 경건한 것에만 관심을 가질 거야."

하지만 늘 그렇듯 교활한 악마는 천사 가브리엘로 변장해 그 사람 앞에 나타나 이렇게 말했다.

"당신을 도와주러 왔어요."

그러자 그 사람이 대답했다.

"아무래도 저를 다른 사람과 혼동하신 것 같습니다. 저는 지금껏 살아오면서 천사가 도와줄 만큼 선한 일을 한 적이 없어요."

그러고는 자신이 방금 어떤 시험을 피한 것인지도 모른 채 가던 길을 계속 갔다.

069

안젤라 폰투알이 브로드웨이 연극을 보러 갔다. 막간이 되자 그녀는 홀에 가서 한잔했다. 홀은 만원이었다. 사람들이 담배를 피우고, 수다 떨고, 술을 마시고 있었다. 한쪽에서 피아니스트가 연주를 했지만, 연주에 귀 기울이는 사람은 아무도 없었다. 안젤라는 그 피아니스트를 관찰하며 술을 마셨다. 피아니스트는 권태로워 보였다. 마지못해 연주하는 것 같았고, 막간이 어서 지나가기만을 기다리는 듯했다.

그녀는 석 잔째 위스키에 조금 취해 피아니스트에게 다가가서는 큰 소리로 말했다.

"당신 참 딱한 사람이네요! 왜 격식을 버리고 당신 자신을 위해 연주하지 않는 거죠?"

피아니스트가 놀라서 그녀를 쳐다보았다. 그러고는 곧바로 자신이 좋아하는 곡을 연주하기 시작했다. 몇 분이 지나자 홀 안이 조용해졌다.

연주가 끝난 뒤, 그 자리에 있던 모든 사람이 그 피아니스트에게 열렬한 박수를 보냈다.

070

아시시의 성聖 프란체스코는 인기 절정의 청년이었을 때 모든 것을 버리고 신앙에 몸 바치기로 결심했다. 성 클라라는 한창 예쁜 아가씨일 때 정결 서원을 했다. 라몬 룰*은 당대의 위대한 지성들과 교류했지만 오지에 은둔해 살았다.

영적 탐색은 커다란 도전이다. 자신이 맞닥뜨린 문제들을 해결하지 못해 영적 세계로 도피하는 사람은 멀리 나아가지 못한다. 그것은 친구를 사귀지 못하는 사람이 세상을 등지는 것과 비슷하다. 생계를 잇지 못해 청빈 서약을 하는 것과 비슷하다. 겁이 많아서 겸손하게 구는 것도 마찬가지다.

뭔가를 소유하는 것과 포기하는 것은 결국 같은 것이다. 그러나 아무것도 갖지 못한 사람이 뭔가를 가진 사람을 단죄하는 것은 또 다른 문제다. 무력한 사람이 금욕을 행하기란 매우 쉬운 일이다. 하지만

* Ramon Llull, 1232?~1315, 에스파냐 마요르카 출신의 박식한 연금술사이자 신비주의자.

그런 금욕이 무슨 가치가 있겠는가?

스승께서 말씀하셨다.

"신의 업적을 찬미해라. 또한 세상과 맞서면서 너 자신도 정복해라."

071

흔히들 사는 것이 어렵다고 하지만 사실은 매우 쉽다!
다른 사람들로부터 멀리 떨어져 있으면 된다. 그러면
절대 고통받지 않을 것이다. 사랑하고, 실망하고, 꿈이
좌절되는 경험을 할 필요도 없을 것이다.
해야 할 전화 통화, 도와달라고 부탁하는 사람들,
베풀어야 할 선행들에 관해 염려하지 않아도 될 것이다.
쉽게 살고 싶다면, 상아탑 안에 있는 척하고 결코 눈물
흘리지 않는 척하면 된다. 남은 생 동안 정해진 역할만
하면서 살면 된다.
삶이 선사하는 좋은 것들을 전부 거부하면 된다.
그러면 사는 것이 무척 쉬워진다.

072

어느 환자가 주치의에게 말했다.

"선생님, 저는 두려움에 사로잡힌 나머지 사는 즐거움을 전부 빼앗겨버렸어요."

그러자 의사가 말했다.

"내 집무실에는 책들을 갉아먹는 작은 쥐 한 마리가 있답니다. 내가 붙잡으려고 하면 그 쥐는 어디론가 숨어버리지요. 그러면 나는 하루 종일 그 쥐를 쫓아야 하고요. 그래서 나는 중요한 책들을 안전한 곳에 치워두고, 다른 책들은 갉아먹으라고 남겨두었답니다. 덕분에 그 쥐가 괴물이 되지 않고 조그만 채로 머물러 있지요. 뭔가가 두렵다면 두려워하는 감정에만 집중하세요. 그러면 나머지 것들을 위한 용기를 낼 수 있을 겁니다."

073

스승께서 말씀하셨다.

“사랑받는 것보다 사랑하는 것이 더 쉬울 때가 많다.
우리는 다른 사람의 도움과 지지를 받아들이기를
주저한다. 독립적으로 보여야 한다는 생각에 그들이
우리에게 사랑을 증명할 기회를 빼앗아버리는 것이다.
자식들이 어렸을 때 받은 애정과 지지를 돌려주려
하면 늙은 부모들은 한사코 거절한다. 가혹한 운명이
닥쳐왔을 때 많은 남편(또는 아내)들이 배우자에게
의존하는 것을 부끄럽게 여긴다. 그 결과 사랑의
강물이 흘러넘치지 못한다.
우리는 이웃이 보내는 사랑의 몸짓을 받아들여야 한다.
누군가가 우리를 돕도록, 우리를 지지하도록, 계속
살아갈 힘을 우리에게 부여하도록 허락해야 한다.
순수하고 겸손한 마음으로 그 사랑을 받아들일 때,
사랑이란 주는 것도 받는 것도 아닌 동참하는 것임을
깨달을 수 있다.”

074

이브가 에덴 동산을 거닐고 있는데, 뱀이 와서 말했다.

"저 사과를 먹어."

이브는 그 사과를 먹지 말라는 하느님의 말씀을 들었으므로 뱀의 권유를 물리쳤다.

"저 사과를 먹으라고. 그러면 네 남편에게 더 예쁘게 보일 거야."

뱀이 끈질기게 권했다.

"그럴 필요 없어. 그에겐 나 말고 다른 여자가 없으니까."

이브가 대답했다.

그러자 뱀이 비웃었다.

"정말 그렇게 생각하는 거야?"

이브가 자기 말을 믿지 않자, 뱀은 이브를 언덕 꼭대기로 데려갔다. 거기에는 우물이 하나 있었다.

"저 밑바닥에 다른 여자가 있어. 아담이 그 여자를 저기에 숨겨놓았다고."

이브는 몸을 숙였고, 우물 속에 예쁜 여자가 있는 것을 보았다. 잠시 후, 이브는 뱀이 건네준 사과를 주저 없이 깨물어 먹었다.

075

작자 미상인 「내 영혼에게 보내는 편지」에서 발췌한 구절이다.

> 내 영혼이여, 나는 결코 너를 책망하지 않을 것이다. 너를 비난하지 않을 것이다. 네가 하는 말들을 부끄러워하지 않을 것이다. 신께서 너를 사랑하신다는 것. 눈부신 사랑의 빛으로 너를 감싸주신다는 것을 나는 잘 알고 있다.
>
> 내 영혼이여, 나는 너를 신뢰한다. 나는 너와 함께 있고, 늘 기도하며 너를 축복할 것이다. 네가 필요로 하는 도움과 지지를 얻기를 늘 바랄 것이다.
>
> 내 영혼이여, 나는 너를 믿는다. 네가 너의 사랑을 받을 자격이 있거나 너의 사랑을 필요로 하는 사람들과 사랑을 나눌 거라 믿는다. 내 길이 곧 너의 길이기를, 그리고 우리가 성령을 향해 함께 걷기를 기도할 것이다.
>
> 부탁이니 나를 믿어다오. 내가 너를 사랑한다는 것,

그리고 네가 내 가슴속에서 즐겁게 뛰어놀도록 너에게 자유를 주려고 노력한다는 것을 알아다오. 네가 나의 존재를 불편하게 여기지 않도록, 나는 할 수 있는 모든 일을 할 것이다.

076

스승께서 말씀하셨다.

“어떤 행동을 하기로 결심했을 때 예기치 못했던 갈등이 생기는 것은 당연하다. 그 갈등이 우리에게 상처를 남기는 것도 당연하다.

상처는 지나가고, 흉터가 남는다. 그것은 축복이다. 그 흉터들은 여생 동안 우리와 함께하며, 우리에게 매우 유용하다. 살면서 편의 또는 다른 이유로 후퇴하고 싶은 욕구가 느껴질 때 그 흉터들을 들여다보아라. 그 흉터들은 우리에게 수갑 자국을 보여줄 것이다. 그러면 감옥의 공포가 연상될 테고, 우리는 적극적으로 앞으로 나아가게 될 것이다.”

스승께서 말씀하셨다.

"날마다 기도해라. 말 없는 기도를 하더라도, 기도해야 할 이유를 모르더라도, 기도를 습관으로 삼아라.

처음에는 어렵게 느껴질지 모르지만 '다음 한 주 동안 매일 기도할 거야'라고 작심해라. 그리고 그 약속을 일주일마다 갱신해라.

그럼으로써 영적 세계와 내밀한 관계를 맺을 뿐 아니라 의지도 단련할 수 있다. 우리는 그런 실천을 통해 존재의 분투에 필요한 규율들을 발전시킨다.

하루는 기도를 빠뜨리고 다음 날 두 번 기도하는 것은 도움이 되지 않는다. 하루에 일곱 번 기도하고 그 주 내내 기도하지 않는 것도 마찬가지다.

삶에는 적절한 리듬과 방법으로 완수해야만 하는 일들이 있는 법이다."

078

성聖 바울은 코린토스 사람들에게 보낸 편지에서,
온유함이 사랑의 주요 특성 중 하나라고 말했다.
사랑은 상냥함이다. 완고한 영혼을 가진 사람은 신의
형상대로 빚음 받지 못한다. 이것을 절대 잊지 말자.
여행자는 에스파냐 북부의 어느 호젓한 길을 걷다가
정원에 누워 있는 농부를 본 적이 있다.
여행자가 농부에게 말했다.
"당신이 꽃들을 짓누르고 있잖소."
그러자 농부가 대답했다.
"아니오, 나는 그저 꽃들의 감미로움을 조금 취하려는
것뿐이오."

079

악한 남자가 생을 마감했다. 남자는 지옥문 앞에서 천사를 만났다.

천사가 남자에게 말했다.

“인생을 살면서 선한 일을 단 한 번이라도 했다면, 당신은 구원받을 수 있어요.”

남자가 대답했다.

“저는 선한 일을 한 적이 한 번도 없습니다.”

“혹시라도 있는지 잘 생각해봐요.”

천사가 거듭 말했다.

곰곰이 생각해보니, 언젠가 숲을 걷다가 길 위에 거미 한 마리가 보여서 사람들의 발에 짓밟히지 않도록 한쪽으로 치워준 일이 생각났다.

그 이야기를 하자 천사가 빙긋이 웃었다. 잠시 후 하늘에서 거미줄이 내려와, 남자는 그것을 붙잡고 천국으로 올라갈 수 있었다. 주위에 있던 사람들도 그 기회를 틈타 천국으로 올라가려고 거미줄을 붙잡고

기어올랐다. 남자는 거미줄이 끊어질까
두려워 다른 사람들을 마구 떠밀었다.
결국 거미줄이 끊어졌고, 남자는 지옥으로
떨어졌다.
천사가 말했다.
"유감이네요. 당신의 이기적인 마음 때문에,
살면서 딱 한 번 했던 선행이 물거품이
돼버렸어요!"

080

스승께서 말씀하셨다.

“십자로十字路는 신성한 장소이다. 순례자들은 대개 그런 곳에서 자신이 갈 길을 선택한다. 신神들도 거기서 자기도 하고 먹기도 한다.

두 길이 만나는 곳에는 두 가지 에너지가 집중된다. 하나는 선택, 다른 하나는 단념이다. 이 둘이 잠시 동안 하나가 된다.

순례자는 거기서 휴식을 취하고 잠을 조금 잔다. 심지어 거기에 사는 신들에게 자문을 하기도 한다. 그러나 영원히 거기에 머무를 수는 없다. 선택한 뒤에는 단념한 길은 생각하지 말고 자신이 선택한 길을 가야 한다.

그러지 않으면 십자로는 저주가 된다.”

OBI

인류는 진리라는 이름으로 잔인한 죄를 저질렀다. 남자들과 여자들을 장작불에 태워 죽였고, 몇몇 문명을 말살해버렸다. 육신의 죄를 저지른 사람들을 추방했고, 남과 다른 길을 간 사람들을 사회로부터 소외시켰다. 어떤 이는 '진리'의 위대한 정의를 가르쳐주고 진리의 이름으로 십자가에 못 박혀 생을 마쳤다.

진리는 우리에게 확신을 주지 않는다.

진리는 우리에게 심오함을 선사하지 않는다.

진리는 우리를 다른 사람들보다 더 낫게 만들어주지 않는다.

진리는 우리를 편견의 감옥에 붙잡아두지 않는다.

진리는 우리를 자유롭게 해준다.

그는 말했다.

"너희가 진리를 알지니, 진리가 너희를 자유롭게 하리라."

082

스케타 수도원의 한 수도사가 중대한 과오를 저질렀다. 수도원 사람들은 그를 심판하기 위해 은자들 가운데 가장 지혜로운 분을 초대하기로 했다.

처음에 은자는 초대를 거절했지만, 수도원 사람들이 하도 간절히 부탁해서 결국 초대를 받아들였다. 길을 나서기 전, 그가 양동이 하나를 가져오더니 밑바닥에 구멍을 몇 개 뚫었다. 그런 다음 양동이에 모래를 채우고 수도원으로 향했다.

그가 들어오는 것을 보고 수도원장이 들고 있는 것이 무엇이냐고 물었다.

그러자 은자가 대답했다.

"저는 동료를 심판하러 왔습니다. 보시다시피 제가 지은 죄들이 양동이 속 모래처럼 제 뒤에 줄줄 흐르고 있습니다. 뒤를 돌아보지 않기 때문에 보지 못할 뿐이지요. 그런데도 여러분은 동료를 심판하라고 저를 부르셨군요!"

수도사들은 형제를 심판하는 일을 포기했다.

083

피레네 산맥 어느 작은 교회의 담벼락에는 이런 글귀가 적혀 있다.

주여, 제가 방금 켠 이 초가 빛이 되어 제가 어떤 결정을 내려야 하거나 어려움에 처했을 때 제 앞을 밝게 비춰주기를 바라옵니다.
이 초가 불이 되어 주께서 제 안의 이기주의, 오만함, 그리고 불순함을 태워주시기를 바라옵니다.
이 초가 불꽃이 되어 주께서 제 영혼을 뜨겁게 해주시고, 저에게 사랑하는 법을 가르쳐주시기를 바라옵니다.
저는 주님의 교회에 오래 머무르지 못하지만, 이 초를 놓아두면서 저 자신도 조금 놓아둡니다.
그러면 매일의 생활 속에서 제가 좀 더 오래 기도할 수 있겠지요.
아멘.

084

순례자가 거센 폭풍우 속에서 조그만 마을을
가로지르다가, 집 한 채가 불타고 있는 것을 보았다.
순례자는 집 가까이 가보았고, 한 남자가 불타는 거실
안에 앉아 있는 것을 목격했다.
순례자가 외쳤다.
"당신 집에 불이 났습니다!"
"나도 압니다."
남자가 대답했다.
"그런데 왜 밖으로 나오지 않으십니까?"
"밖에 비가 내리고 있으니까요. 비가 내릴 때
밖에 나가면 폐렴에 걸린다고 어머니가 늘
말씀하셨답니다."
자오시Zao Chi는 이 우화를 다음과 같이 논평했다.
"지혜로운 사람은 어려운 상황이 닥쳤을 때 민첩하게
대처해서 벗어난다."

085

여행자의 친구가 네팔의 어느 수도원에서 몇 주 지내기로 마음먹었다. 어느 날 오후, 그는 많은 사원들 중 한 곳으로 들어갔고, 웬 수도사가 제단 위에 앉아 빙긋이 웃고 있는 것을 보았다.

친구가 수도사에게 물었다.

"왜 웃고 계십니까?"

"바나나가 무엇을 의미하는지 깨달았기 때문입니다."

수도사는 자루를 열어 썩어버린 바나나 한 개를 꺼내 보이며 설명했다.

"이것은 적절한 순간에 붙잡지 못하고 흘려보낸 삶입니다. 붙잡기에는 너무 늦어버렸지요."

이윽고 수도사는 자루에서 아직 푸른빛을 띠고 있는 바나나 한 개를 꺼내 친구에게 보여주었다. 그런 다음 그것을 다시 자루에 집어넣은 뒤 덧붙여 말했다.

"이것은 아직 오지 않은 삶입니다. 적절한 때를 기다려야 하지요."

마지막으로 수도사는 잘 익은 바나나 한 개를 꺼내 껍질을 벗겨 여행자의 친구와 나눠 먹으며 이렇게 말했다.

"이것은 지금 이 순간입니다. 두려워 말고 이 순간을 사세요."

0386

베이비 콘수엘로가 딱 필요한 만큼의 돈만 주머니에 지닌 채 아들과 함께 영화관에 갔다. 아이는 몹시 흥분해서, 언제 영화관에 도착하느냐고 엄마에게 끊임없이 물었다.

빨간 신호등에 멈춰 섰을 때, 웬 걸인이 행인에게 손을 내밀지 않고 보도에 가만히 앉아 있는 모습이 보였다. 그리고 베이비의 귀에 '네가 가진 돈을 전부 저 걸인에게 주어라'라는 목소리가 들렸다.

베이비는 영화 보러 가기로 아들과 약속했기 때문에 안 된다고 대답했다.

"전부 주어라."

목소리가 거듭 명했다.

"절반은 줄 수 있어요. 그런 다음 아들을 혼자 영화관에 들여보내고 저는 영화관 출구에서 기다릴게요."

하지만 목소리는 그녀의 절충안에 응하지 않았다.

"전부 주어라."

베이비는 사정을 아들에게 설명할 새도 없이 차를 세우고 자신이 가진 돈 전부를 걸인에게 내밀었다. 그러자 걸인이 말했다.

"신은 존재하십니다. 당신이 방금 나에게 그걸 증명해줬어요. 오늘은 내 생일입니다. 하지만 나는 슬펐어요. 동냥하는 게 부끄러웠죠. 그래서 손을 내밀지 않기로 마음먹었고, '만약 신이 존재한다면 오늘 나에게 선물을 주실 거야'라고 생각했답니다."

087

어떤 전통에서는 제자들이 일 년에 하루 또는 필요한 경우 일주일에 한 번 집에 있는 물건들을 정리한다. 물건들을 일일이 손으로 만지면서 "나에게 이 물건이 정말로 필요할까?"라고 큰 소리로 묻는다.

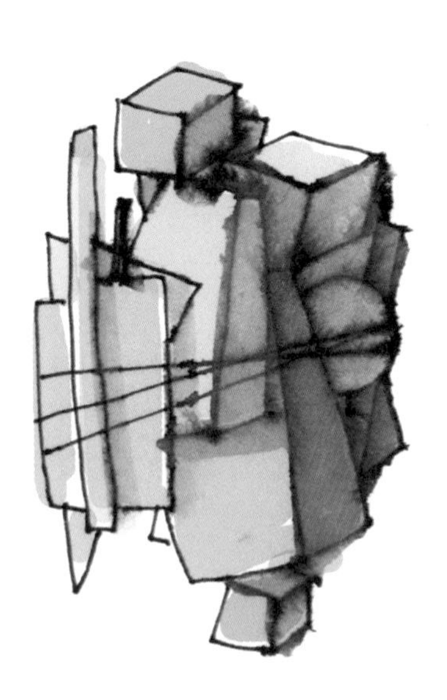

서가에 꽂혀 있는 책들을 꺼내들고 "언젠가 내가 이 책을 다시 읽을까?"라고 묻는다.
간직해둔 기념품들을 찬찬히 살펴보며 "이 물건에 얽힌 기억이 내게 여전히 중요한가?"라고 묻는다.
옷장을 열고, "내가 이 옷을 입지 않은 지 얼마나 되었지? 이 옷이 나에게 정말로 필요한가?"라고 묻는다.
스승께서 말씀하셨다.
"물건에는 고유한 에너지가 있다. 사용하지 않는 물건은 고인 물이 되어버리고, 그때부터 집은 곰팡이와 모기가 살기 좋은 곳이 된다.
물건들의 에너지가 자유롭게 발산되도록 해야 한다.
오래된 물건들을 계속 가지고 있으면, 새로움이 차지할 공간이 없어진다."

페루의 옛 전설은 모든 사람이 행복했던 어느 도시에 대해 말해준다. 그곳 주민들은 원하는 일을 마음껏 했고, 서로 마음이 잘 통했다. 그러나 도시의 시장만은 예외였다. 그는 자신이 시민들을 다스릴 필요가 없는 것을 무척 유감스러워했다. 감옥은 비어 있었고, 법정은 사용할 일이 전혀 없었다. 공증인도 이익을 취하지 못했다. 입으로 한 말이 종이보다 더 큰 가치가 있었기 때문이다.

어느 날 시장이 멀리서 노동자들을 불러왔다.

노동자들은 도시의 광장 한가운데에 울타리를 세웠다.

일주일 동안 망치 두들기는 소리와 톱으로 나무 베는 소리가 났다.

일주일이 지나자 시장은 시민들을 낙성식에 초대했다.

엄숙한 분위기에서 울타리가 제거되었고, 그 안에서…… 교수대가 모습을 드러냈다.

시민들은 교수대가 세워진 이유가 무엇인지

궁금해했고, 겁에 질려 전에 만장일치로 해결한 문제들을 걱정하기 시작했다. 말로 대신한 일들을 서류로 공증하기 위해 공증인을 찾아갔다. 그리고 시장의 지시에 귀 기울였다. 법이 두려웠기 때문이다. 전설에 따르면, 그 교수대는 한 번도 사용되지 않았다고 한다. 그러나 교수대가 거기 있다는 사실만으로도 사람들의 마음가짐이 변했을 것이다.

089

독일의 정신과 의사 빅토르 프랑크가 나치 강제 수용소에서 겪은 경험을 다음과 같이 들려주었다.
"형벌과 모욕 한가운데에서 어느 수형자가 외쳤다. '아내들이 우리의 이런 모습을 본다면 얼마나 부끄러운 일이오!' 그 말을 듣자 아내의 얼굴이 떠올랐고, 순식간에 그 지옥 밖으로 빠져나갈 수 있었다. 나는 사람은 사랑에 의해 그리고 사랑을 위해 구원받는다고 생각하며 살아갈 의지를 되찾았다.
극심한 고통 한가운데에 있었지만 신의 뜻을 납득했다. 사랑하는 아내의 얼굴을 머릿속에 그려볼 수 있었기 때문이다.
간수가 명령을 내려도, 그 순간 내가 지옥에 있지 않았기 때문에 복종하지 않았다. 아내가 살아 있는지 죽었는지 알 방도가 전혀 없었지만, 달라질 것은 아무것도 없었다. 아내의 모습을 머릿속에 그리면 존엄성과 힘을 되찾을 수 있었다.

한 인간에게서 모든 것을 박탈해도, 사랑하는 사람의 얼굴을 떠올리는 행복은 빼앗을 수 없다. 그리고 그 행복이 그를 구원한다."

090

스승께서 말씀하셨다.

“이제부터 몇백 년 동안, 세상은 편견에 빠진 사람들을 보이콧할 것이다.

지상의 에너지는 새롭게 갱신되어야 한다. 새로운 사고思考가 자리 잡을 필요가 있다. 우리의 몸과 마음은 도전에 목말라 있다. 미래가 문을 두드리고, 편견에 기반을 두지 않은 사고들이 모습을 드러낼 것이다.

중요한 것은 남고, 불필요한 것은 사라질 것이다.

저마다 자신이 획득한 것을 판단하면 된다. 우리는 이웃의 꿈을 심판하는 사람이 아니다.

믿음을 가지고 자신의 길을 가기 위해, 다른 사람의 길이 잘못되었음을 밝혀낼 필요는 없다. 그렇게 행동하는 사람은 자신이 가는 길을 신뢰하지 못하는 것이다.”

인생은 사이클 경주와 비슷하다. 이때 목표는 각자 개인의 전설을 완수하는 것이다.
출발선에 섰을 때는 모두 동지애와 열정과 도전의식에 고무된다. 그러나 경주가 진행됨에 따라 처음에 느꼈던 기쁨은 피로, 권태, 자신의 능력에 대한 회의 같은 것들에 자리를 내준다……. 어떤 사람들은 도전에 응하기를 포기하기도 한다. 그들은 여전히 달리지만, 길 한가운데에서 멈출 수는 없기 때문에 달리는 것뿐이다. 그런 사람들이 많다. 그 사람들은 구조 차량 옆에서 페달을 밟기도 하고, 자기들끼리 수다를 떨기도 하고, 의무를 완수하기도 한다.
각자 자신에게 맞는 속도로 경주를 해야 한다.
그러면서 고독과 미지의 커브 길에서 튀어나오는 뜻밖의 사건들, 사이클이 유발하는 물리적 어려움과 맞서야 한다. 그러다 보면 그렇게 수고하고 노력을 기울일 가치가 정말 있는지 궁금해진다.

그렇다, 수고할 가치가 있다. 절대 포기해서는 안 된다.

092

스승이 제자와 함께 아라비아 사막을 건너기로 했다. 스승은 여행하는 순간순간을 활용해 믿음이 무엇인지를 제자에게 가르쳤다. 스승이 말했다.

"하느님을 믿어라. 하느님은 결코 자신의 자녀를 버리지 않으신다."

어느 날 밤, 스승은 제자에게 그들이 타고 온 말들을 야영지 옆에 있는 바위에 비끄러매라고 했다. 제자는 스승의 가르침을 떠올리면서 '지금 스승님은 나를 시험하시는 거야. 말들을 매어놓을 것이 아니라 하느님께 맡겨야 해'라고 생각했다. 그리고 말들을 자유롭게 풀어두었다.

다음날 아침에 일어나 보니 말들이 도망가버리고 없었다. 몹시 화가 난 제자는 스승을 찾아가 외쳤다.

"스승님은 하느님에 대해 잘 모르시는 것 같아요. 제가 말들을 지켜달라고 하느님께 맡겼는데, 말들이 모두 도망가버리고 없습니다!"

스승이 대답했다.

"하느님께서는 말들을 돌보려 하셨다. 하지만 그러기 위해서는 우선 네가 말들을 바위에 비끄러매야 했어."

093

존이 말했다.

"예수는 사람들의 영혼을 구원하기 위해 제자들 중 몇 명을 지옥으로 보내셨습니다. 그러니 지옥에 간다 해도 모든 것이 끝장난 건 아니지요."

존은 로스앤젤레스에 사는 소방관이고, 그날은 그가 일을 쉬는 날이었다.

여행자가 그의 생각에 놀라서 물었다.

"왜 그런 말을 하십니까?"

"지상에서 이미 지옥을 경험했기 때문입니다. 저는 불길에 휩싸인 건물 안으로 들어가고, 절망에 빠져 탈출하려고 울부짖는 사람들을 봅니다. 그들을 구하기 위해 목숨을 거는 일도 자주 있습니다. 그러나 저는 이 거대한 우주 안에서 불지옥을 대면하고 영웅적으로 행동하는 하나의 미립자일 뿐입니다. 아무것도 아닌 저도 그렇게 행동하는데, 예수께서는 어땠을지 상상해보세요! 저는 그분의 사도 중 몇 분이 사람들의 영혼을 구원하기 위해 지옥에 잠입해 있다고 확신한답니다."

094

스승께서 말씀하셨다.

"원시 문명에는 사람이 죽으면 태아 때의 자세로 매장하는 관습이 있었다. 그들은 이렇게 생각했다. '망자는 새 생명으로 탄생할 것이다. 그러니 그를 세상에 태어날 때의 자세 그대로 두어야 한다.' 그런 문명에서 죽음은 우주라는 먼 길 위로 한 발 더 내디디는 일일 뿐이었다.

우리가 사는 세상은 죽음에 대한 이런 평온한 시각을 잃어버렸다. 우리가 생각하는 것, 우리가 하는 일, 우리가 믿는 것이 뭐가 중요하겠는가. 우리는 모두 언젠가 죽을 텐데.

야키족 인디언 노인들처럼 죽음을 삶의 조언자로 여기는 것이 좋다. 그리고 항상 스스로에게 이렇게 물어야 한다.

'내가 언젠가 죽을 거라면 지금 나는 무엇을 해야 할까?'"

095

인생은 조언을 구하거나 주는 것이 아니다. 살면서 도움이 필요할 때는 다른 사람들이 그들의 문제를 어떻게 푸는지 또는 왜 풀지 못하는지 관찰하는 것이 바람직하다.

우리 주변에는 항상 천사가 존재한다. 그리고 천사는 타인의 입을 통해 우리에게 말을 건넬 때가 많다. 천사는 우리에게 주의를 기울이긴 하지만 우리가 우리의 관심거리들로 삶을 뒤흔들어 기적을 만들어내지 못할 때 뜻밖의 방식으로 우리에게 말을 건넨다.

그러니 천사가 필요한 순간에 자신에게 익숙한 방식으로 말을 건네게 하자.

스승께서 말씀하셨다.

"조언은 이론일 뿐이고, 그것을 실행하는 방식은 수없이 많다."

096

리우데자네이루의 신新교조파 사제 한 명이 시외버스로 여행하던 중, 즉시 자리에서 일어나 그리스도의 말씀을 전하라는 목소리를 들었다. 사제가 그 목소리에 대답했다.

"여긴 설교하는 곳이 아니잖아요. 승객들이 저를 이상한 사람으로 여길 겁니다."

그러나 목소리는 그렇게 하라고 강권했다.

사제가 애원했다.

"저는 수줍음을 많이 탑니다. 부탁이니 그런 무리한 요구를 하지 마세요."

사제의 내면이 끈질기게 저항했다.

그러다 사제는 불현듯 과거에 그리스도의 섭리를 모두 받아들이겠다고 서약한 일을 떠올렸다. 그래서 부끄러워 죽을 것 같았지만 자리에서 일어나 복음에 대해 이야기하기 시작했다. 승객들이 그의 말을 조용히 경청했다. 그는 승객들 한 사람 한 사람을 살펴보았다.

눈길을 돌리는 사람은 드물었다. 그는 자신이 느낀 모든 것을 말했고, 설교를 마친 뒤 몸을 돌려 자리에 앉았다.

지금도 사제는 그날 자신이 어떤 사명을 어떻게 완수했는지 정확히 알지 못한다. 그러나 사명을 완수했다는 온전한 확신만은 갖고 있다.

097

아프리카의 마법사가 견습생을 숲으로 데려갔다. 마법사는 고령에도 불구하고 민첩하게 걸었지만, 견습생은 몇 번이나 미끄러지고 넘어졌다. 견습생은 저주 섞인 욕설을 내뱉은 뒤 일어나, 자신을 넘어지게 한 바닥에 침을 뱉었다. 그래도 스승을 계속 따라갔다. 오랫동안 걸은 뒤, 그들은 신성한 장소에 도착했다. 그러나 마법사는 걸음을 멈추지 않고, 왔던 길을 곧바로 되짚어 갔다.

또 한 번 넘어진 뒤, 견습생이 투덜대며 말했다.

"오늘 스승님께서는 저에게 아무런 가르침도 주시지 않았습니다."

마법사가 대꾸했다.

"나는 너에게 가르침을 주었다. 네가 아무것도 배우지 않은 거겠지. 나는 인생을 살면서 저지르는 실수에 어떻게 대처해야 하는지 가르쳐주고 싶었다."

"어떻게 대처해야 하는데요?"

"네가 오늘 길을 걷다가 넘어졌을 때 어떻게 대처했는지 떠올려보아라. 너는 넘어진 곳을 저주하는 대신, 네가 무엇 때문에 미끄러졌는지 찾아보아야 했다."

098

어느 날 오후, 한 은자가 스케타 수도원장을 찾아와서 물었다.

"제 영적 조언자는 저를 어떻게 이끌지 알지 못합니다. 제가 그분과 헤어져야 할까요?"

수도원장은 대답하지 않았고, 은자는 사막으로 돌아갔다. 일주일 뒤, 은자가 다시 수도원장을 찾아와 말했다.

"제 영적 조언자는 저를 어떻게 이끌지 알지 못합니다. 그래서 그분과 헤어지기로 결심했습니다."

수도원장이 대꾸했다.

"현명한 결심이군요. 자신의 영혼이 충족되지 못하는 것을 깨달으면, 조언을 구할 것이 아니라 자신의 길을 계속 가는 데 도움이 되는 결정을 내려야 합니다."

099

그리스 철학자 아리스티포스는 시라쿠사의 압제자
디오니시오스의 궁정에서 권력자들에게 아첨을 했다.
어느 날 오후, 그는 디오게네스를 만났다.
디오게네스는 소박한 렌즈콩 요리를 만드는 중이었다.
아리스티포스가 말했다.
"당신이 디오니시오스에게 가서 머리를 조아리면
렌즈콩 같은 것을 먹지 않아도 될 텐데."
그러자 디오게네스가 대꾸했다.
"당신이 렌즈콩을 먹는 것에 만족한다면
디오니시오스에게 가서 머리를 조아리지 않아도 될
텐데."
스승께서 말씀하셨다.
"모든 일에는 대가가 따른다. 그리고 그 대가는
상대적이다. 꿈을 좇을 때 비참하고 불행하다는 느낌을
받을 수 있다. 그러나 다른 사람들이 생각하는 것은 전혀
중요하지 않다. 중요한 것은 우리 마음속의 기쁨이다."

젊은 여성 하나가 여행자에게 다가와서 말했다.

“선생님께 해드리고 싶은 이야기가 있어요. 저는 오래전부터 저에게 치유의 은사가 있다고 믿어왔어요. 하지만 그 은사를 사용할 용기가 없었답니다. 어느 날 남편의 왼쪽 다리가 몹시 아팠는데, 도와줄 사람이 아무도 없었어요. 그래서 몹시 부끄러웠지만 남편의 다리에 손을 얹고 고통이 잦아들도록 기도해보기로 했어요.

남편을 도울 수 있다고 진정으로 믿지도 못한 채
그렇게 행동했어요. 그런데 남편이 옆에서 이렇게
기도하는 것이었어요. '주님, 제 아내가 주님의 힘과
광명을 전하는 사자使者가 되게 해주십시오.' 그러자
남편의 다리에 얹은 제 손이 몹시 뜨거워졌고, 다리의
통증이 씻은 듯이 사라졌답니다.
시간이 흐른 뒤, 남편에게 왜 그렇게 기도했느냐고
물었어요. 그랬더니 남편은 저에게 자신감을 주기
위해서였다고 대답하더군요. 그 말 덕분에 오늘날 저는
다른 사람들의 병을 치료할 수 있게 되었답니다."

터키에 사는 남자가 페르시아에 사는 위대한 현자에 대한 이야기를 들었다. 남자는 주저 없이 자신이 가진 것을 모두 팔고 가족에게 작별 인사를 한 뒤, 지혜를 찾아 떠났다.

몇 달 동안 여행한 끝에, 마침내 그는 현자가 사는 오두막집을 발견했다. 그는 두려움과 존경심으로 가슴을 두근거리며 오두막집 문을 두드렸다.

현자가 문을 열었다.

남자는 현자에게 말했다.

"저는 터키에서 왔습니다. 당신에게 묻고 싶은 것이 딱 하나 있어서 여러 달 동안 긴 여행을 했어요."

현자가 놀란 표정으로 그를 바라보며 대답했다.

"좋소, 말해보시오."

"제가 하려는 질문을 정확하게 표현하고 싶습니다. 혹시 터키어로 말씀드려도 되겠습니까?"

"그러시오."

현자가 이어서 말했다.

“자, 나는 당신이 하고 싶어한 딱 하나의 질문에 대답을 했소. 그러니 알고 싶은 것이 더 있으면 당신의 마음에 물어보시오. 당신 마음이 대답해줄 거요.”

그러고는 문을 닫았다.

102

스승께서 말씀하셨다.
“말에는 능력이 있다. 말은 세상과 사람을 변화시킨다. 너희는 이런 말을 들어본 적이 있을 것이다.
‘아직 일어나지 않은 좋은 일을 입에 올려서는 안 된다. 다른 사람들이 그 말을 듣고 시샘해 기쁨을 망가뜨릴 수 있기 때문이다.’
이 말은 옳지 않다. 성공한 자들은 자신의 삶에 일어난 크고 작은 기적들을 자부심을 갖고 이야기한다. 너희가 긍정적 에너지를 발산하면, 그 에너지는 훨씬 더 많은 긍정적 에너지를 끌어낼 것이고, 너희가 정말로 잘되길 바라는 사람들을 즐겁게 해줄 것이다.
시샘하는 자들, 실패한 자들은 너희가 허락할 때만 너희에게 해를 끼칠 것이다.
두려워하지 마라. 너희 삶의 좋은 일들을 듣고 싶어 하는 사람에게 마음껏 이야기해라. 세상은 너희의 기쁨을 몹시도 필요로 한다.”

103

혈통을 뽐내는 에스파냐 왕이 있었다. 그는 힘없는 백성들에게 잔인하게 구는 것으로도 악명이 높았다.
어느 날 그는 호위대와 함께 아라곤 지방의 들판(몇 년 전 그의 아버지가 전투를 치르다 세상을 떠난 곳이었다)을 건너다가 성자聖者를 만났다. 성자는 커다란 해골더미를 옮기고 있었다.
왕이 성자에게 물었다.
"여기서 뭘 하고 계시오?"
그러자 성자가 대답했다.
"안녕하십니까, 전하. 전하께서 오신다는 소식을 듣고 돌아가신 선대 왕의 유골을 모아 돌려드리고 싶었습니다. 하지만 유골을 찾아내지 못했습니다. 농부, 가난한 자, 걸인, 노예들의 유골과 똑같아서요."

104

아프리카계 미국인 시인 랭스턴 휴즈의 시詩이다.

나는 강물들을 안다.

세상처럼 늙고, 인간의 혈관 속에 흐르는 피보다 더 오래된 강물들을 안다.

내 영혼은 강물들만큼이나 깊다.

나는 문명의 여명에 유프라테스 강물 속에 몸을 담갔다.

콩고 강가에 오두막을 지었고, 그곳의 강물이 나에게 자장가를 불러주었다.

나는 나일 강을 바라보았고, 피라미드를 지었다.

링컨이 뉴올리언스에 이를 때 미시시피 강의 노래를 들었고, 저녁이 되어 그 강물이 금빛으로 반짝이는 것을 보았다.

내 영혼은 강물들만큼이나 깊어졌다.

105

전사가 물었다.

"세상에서 검을 가장 잘 다루는 사람이 누구입니까?"

그러자 그의 스승이 대답했다.

"수도원 근처의 들판에 가면 바위가 하나 있다. 그것을 공격해라."

"그게 무슨 소용이 있습니까? 바위는 저의 공격에 반응하지 않을 텐데요."

"그러니 바위를 검으로 공격해라."

"그러지 않을 겁니다. 그러면 제 검이 부러질 겁니다. 그래서 맨손으로 바위를 공격하면 공연히 제 손가락에 상처만 입을 거고요. 제가 물은 것은 그런 것이 아닙니다. 세상에서 검을 가장 잘 다루는 사람이 누구입니까?"

"검을 가장 잘 다루는 사람은 바위와 비슷하다. 칼을 빼들지 않고도 아무도 자신을 이길 수 없음을 보여준다."

106

여행자가 나바라의 산 마르틴 데 운스에 있는 거의 폐허가 된 마을에 도착했다. 그리고 마침내 로마네스크 양식의 아름다운 교회의 열쇠를 가지고 있는 여자를 찾아냈다. 여자는 매우 친절한 태도로 그와 함께 좁은 골목길을 올라가 교회 문을 열어주었다.

여행자는 중세 사원의 어둑함과 고요함에 감동받았다. 그리고 여자와 조금 이야기를 나누다가, 한밤중이 되면 교회 안의 훌륭한 예술작품들이 잘 보이지 않을 것 같다고 지적했다.

그러자 여자가 그에게 설명했다.

"그렇습니다. 해가 뜰 때만 세부들까지 잘 보이죠. 전설이 우리에게 가르쳐주는 것이 바로 그거예요. 신은 자신의 영광을 보여줄 때 항상 정확한 때를 선택하신다는 거요."

스승께서 말씀하셨다.

“세상에는 두 종류의 신神이 있다. 선생들이 우리에게 가르쳐준 신, 그리고 우리에게 아낌없이 가르침을 주는 신이다. 사람들이 흔히 이야기하는 신, 그리고 우리에게 친히 이야기하는 신이다. 우리가 두려워하는 신, 그리고 우리에게 관용을 베푸는 신이다.

세상에는 두 종류의 신이 있다. 하늘 매우 높은 곳에 있는 신, 그리고 매일 우리의 삶에 관여하는 신이다. 우리에게 대가를 지불하게 하는 신, 그리고 우리의 빚을 탕감해주는 신이다. 지옥의 형벌들로 우리를 위협하는 신, 그리고 우리에게 가장 좋은 길을 보여주는 신이다.

세상에는 두 종류의 신이 있다. 우리가 저지른 과오의 무게로 우리를 짓누르는 신, 그리고 자신의 사랑으로 우리를 자유롭게 해주는 신이다.”

사람들이 조각가 미켈란젤로에게 어떻게 그렇게 굉장한 작품들을 만들어내느냐고 물었다.

미켈란젤로가 대답했다.

"그건 매우 간단합니다. 대리석 덩어리를 바라볼 때, 나는 그 안에 있는 조각품을 봅니다. 그런 다음 불필요한 부분을 덜어내기만 하면 되죠."

스승께서 말씀하셨다.

"우리는 모두 한 점의 예술작품을 창조하도록 운명 지어졌다. 그 예술작품이 우리 삶의 중심이다. 온갖 시도들이 그 사실을 은폐하려 하지만 그것이 우리의 행복을 좌우한다. 그 예술작품은 대개 두려움, 죄책감, 우유부단함 밑에 수년 동안 파묻혀 있다. 하지만 그 외피를 걷어내기로 결심하면, 또한 자신의 능력을 의심하지 않으면, 맡겨진 사명을 잘 이행할 수 있다. 그것이 세상을 명예롭게 사는 유일한 방법이다."

109

죽음을 맞이한 어느 노인이 젊은이 한 명을 곁으로 불러 영웅적인 이야기를 들려주었다. 전쟁 때 한 남자가 다른 남자가 도망치도록 도와주고, 피난처와 음식을 제공해 그 남자를 보호해주었다는 이야기였다. 그러나 안전한 장소에 도착하자 남자는 자신을 도와준 남자를 배신하고 적에게 넘겨버렸다.

"그래서 어떻게 도망쳐 나오셨어요?"

젊은이가 물었다.

"난 도망치지 않았단다. 내가 바로 배신한 남자였거든."

노인이 털어놓았다.

"내가 나를 도와준 남자였던 것처럼 이야기하니, 그 남자가 나를 위해 어떤 일을 해주었는지 더 분명히 깨닫게 되는구나."

스승께서 말씀하셨다.

"우리는 모두 사랑을 필요로 한다. 사랑은 먹고 마시고 자는 일만큼이나 인간 본성의 일부이다. 혼자 앉아 아름다운 석양을 볼 때 우리는 이런 생각을 한다. '함께 나눌 사람이 없다면 이런 아름다움도 의미가 없어.'

그러니 누가 우리에게 사랑을 요구했을 때 우리가 얼마나 여러 번 외면해버렸는지 자문해볼 필요가 있다. 누군가에게 다가가 우리가 그를 사랑하게 되었음을 허심탄회하게 털어놓는 일을 얼마나 두려워했는지도 자문해볼 일이다.

고독은 사람을 위험한 약물들에 의존하게 만든다. 석양이 더 이상 의미가 없는 것처럼 느껴지게 만든다. 겸손한 태도로 사랑을 찾아라. 영적 수행에서 그렇듯, 많이 줄수록 더 많은 보답을 받을 것이다."

■■■

십자가의 성聖 요한은 영적 길에서 환상을 찾거나 이미 영적 길을 거쳐 간 사람들의 진술을 좇아가지 말아야 한다는 것을 가르쳐준다. 오직 믿음만이 우리를 도울 수 있다. 믿음은 순수하고 투명하기 때문이다. 그것은 우리 안에서 탄생하며, 다른 것과 뒤섞이지 않는다.
어느 작가가 사제와 이런저런 이야기를 나누다가, 신에 대한 경험이 어떠했느냐고 물었다.
그러자 사제가 대답했다.
"잘 모르겠습니다. 지금껏 내가 아는 유일한 경험은 신에 대한 내 믿음의 경험입니다."
그렇다. 그것이 가장 중요하다.

에스파냐 선교사가 어느 섬을 방문하여 아즈텍 사제 세 명을 만났다.

선교사가 그들에게 물었다.

"당신들은 어떻게 기도합니까?"

그들 중 한 명이 대답했다.

"우리는 한 가지 기도만 합니다. 이렇게 말하지요.

'신이여, 당신은 셋이고 우리도 셋입니다. 우리를 불쌍히 여기소서.'"

선교사가 제안했다.

"신께서 들으실 기도를 당신들에게 가르쳐드리겠습니다."

그러고는 가톨릭 기도문 하나를 그들에게 가르쳐준 뒤, 자신의 길을 갔다.

몇 년이 흘러 에스파냐로 돌아가기 직전에 선교사는 그 섬에 다시 들르게 되었다. 쾌속 범선이 해안으로 접근하는 동안, 선교사는 그 세 명의 아즈텍 사제가 물위를 걷고 있는 것을 보았다.

그들 중 한 명이 외쳤다.

"신부님, 신부님! 부탁이니 신께서 들으시는 기도를 한 번 더 가르쳐주십시오. 도무지 기억이 나지 않아서 그럽니다."

기적을 목격한 선교사가 대답했다.

"그것은 전혀 중요하지 않습니다."

그리고 신이 모든 언어로 말씀하신다는 것을 깨닫지 못한 것에 대해 신께 용서를 구했다.

스승께서 말씀하셨다.

"용서는 두 방향으로 나 있는 길이다. 누군가를 용서할 때 우리는 우리 자신도 용서하게 된다. 타인에게 관대하면 자신의 실수를 받아들이기가 더 쉽다. 그리하여 죄책감이나 쓰라림 없이 삶에 대한 이해를 높일 수 있다.

연약함 때문에 증오, 시기, 편협함이 주위에서 활개치도록 내버려두면, 그 진동에 의해 우리 자신이 소모될 위험이 있다.

베드로가 그리스도에게 물었다.

'선생님, 제가 이웃을 일곱 번 용서하면 됩니까?'

그러자 그리스도께서 대답하셨다.

'일곱 번만이 아니라 일흔 번이라도 용서해라.'

용서라는 행위는 천체의 도면을 치우고 신성神性의 진정한 빛을 우리에게 보여준다."

스승께서 말씀하셨다.

“예전에 스승들은 제자들이 자기 인격의 어두운 측면을 파악하도록 돕기 위해 ‘역할놀이’를 만들어냈다. 그런 사례들이 유명한 동화가 되었다. 방식은 간단하다. 너희의 불안, 두려움, 실망을 너희 왼쪽에 있는 보이지 않는 존재 안에 모두 투영하면 된다. 그 존재가 ‘버릇없는 아이’ 역할을 하면서, 너희가 거부하지만 결국 채택하게 되는 태도를 끊임없이 제안할 것이다. 이 사실을 깨달으면 그 존재가 제안하는 태도를 쉽게 거부할 수 있다. 이 방식은 무척 간단하고 효과도 매우 좋다.”

115

제자가 스승에게 물었다.

"인생을 살면서 처세를 잘하는 방법이 무엇입니까?"

그러자 스승은 그에게 탁자를 하나 만들라고 했다.

탁자를 거의 다 만들었을 때(상판에 못질만 하면 되었다), 스승이 다가왔다. 제자는 정확히 세 번 망치질을 해서 못을 박았다. 하지만 마지막 못 하나가 말을 듣지 않아 한 번 더 망치질을 해야 했다. 그러자 못이 지나치게 깊이 박혔고 나무가 상했다.

이를 지켜본 스승이 말했다.

"네 손은 망치를 세 번 두드리는 데 익숙해 있다.

그러나 행동이 습관에 이끌리면 의미를 잃게 된다.

그리고 결국 해를 유발한다.

우리가 하는 행동 하나하나가 유일하고 특별하다.

처세의 유일한 비밀은 바로 이것이다. '습관이 너의 행동을 좌우하게 하지 마라.'"

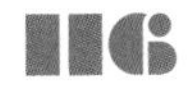

에스파냐 소리아 시에서 멀지 않은 곳 암벽 속에
오래된 암자가 있었다. 한 남자가 수년 전부터 모든
것을 버리고 거기에 살면서 명상에 전념했다.
어느 가을날 오후, 여행자가 그 은자를 방문했다.
은자는 여행자를 친절하게 맞았다.
빵조각을 나눈 뒤, 은자는 여행자에게 식용 버섯을
따러 근처의 개울에 함께 가자고 했다.
길을 가는데 소년 하나가 그들에게 다가와 말했다.
"성자님, 신의 섭리를 깨닫기 위해서는 고기를 먹지
말아야 한다는 말을 들었어요. 그게 정말인가요?"
은자가 대답했다.
"삶이 너에게 베푸는 모든 것을 기쁘게 받아들이렴.
그래도 성령을 거스르는 죄를 짓지 않을 뿐 아니라,
지상의 너그러움을 거스르는 불경죄도 짓지
않는단다."

스승께서 말씀하셨다.

"너희가 무척 힘든 상황을 겪고 있다면, 마음의 소리에 귀를 기울여라. 너희 자신을 가능한 한 정직하게 대하도록 노력해라. 너희가 꿈의 대가를 지불하고 있고, 너희의 길을 가고 있음을 믿어라.

그래도 삶이 너희를 호되게 몰아붙이면, 결국 불평하게 되는 순간이 올 것이다. 그 순간이 오면 어린아이가 부모에게 하듯 불평해라. 약간의 도움과 관심을 청하는 것도 잊지 마라. 신은 아버지인 동시에 어머니이다.

부모는 자식에게 늘 최선을 기대하고, 때로는 혹독하게 훈육한다. 그리고 자식이 부모에게 쉼과 애정을 요구하는 것은 잘못이 아니다.

하지만 절대 과장하지 마라. 욥은 적절한 때에 항의했고, 잃었던 재산을 되찾았다. 반면 알 아피드는 매사에 불평이 많았다. 그러자 신은 더 이상 그의 말에 귀 기울이지 않으셨다."

에스파냐의 발렌시아 축제에는 옛날에 목수 조합에서 만든 기묘한 의례가 포함되어 있다.
장인과 예술가들이 일 년 내내 거대한 목제 조각을 만든다. 그리고 축제가 열리는 몇 주 동안 그 조각 작품들을 주광장 한가운데에 전시한다. 사람들이 그 앞을 지나다니고, 그 창조성에 감동하고 감탄하여 이야기를 나눈다. 그러다가 성 요셉 대축일이 오면, 호기심에 찬 수많은 구경꾼 앞에 장작을 산더미처럼 쌓아놓고 그 조각 작품들을 한 점만 빼고 모두 불태운다. 거대한 불길이 하늘로 치솟는 동안, 어느 영국 여자가 물었다.
"왜 저 많은 작품들을 무無로 돌리는 거죠?"
그러자 에스파냐 여자가 대답했다.
"언젠가 당신도 종말을 맞이할 테니까요. 당신은 방금 천사도 신께 '왜 저 많은 작품들을 무로 돌리죠?'라고 물어볼 거라 생각했잖아요."

늙은 중국인 현자가 눈 덮인 들판을 거닐다가 웬 여인이 슬피 우는 모습을 보았다. 현자가 여인에게 물었다.

"왜 그렇게 울고 있소?"

"제 과거가, 젊은 시절이, 거울 속에 보이던 어여쁜 모습이, 제가 사랑했던 남자들이 생각나서 그래요. 신께서는 잔인하게도 저에게 기억력을 주셨어요. 신께서는 제가 제 인생의 봄을 떠올리며 눈물 흘릴 거라는 것을 알고 계셨을 거예요."

현자는 눈 덮인 들판을 말없이 바라보았다. 그의 시선은 어느 한 지점에 고정되어 있었다. 여자가 탄식을 그치고 물었다.

"뭘 그렇게 보세요?"

"장미 정원을 보고 있다오. 신께서는 너그럽게도 내게도 기억력을 주셨지 뭐요. 그분은 인생의 겨울을 맞이한 내가 봄과 따뜻한 미소를 떠올릴 것도 알고 계셨다오."

120

매우 독실한 남자가 갑자기 재산을 모두 잃었다. 그는 상황이 어떻든 신이 도와주실 거라 생각하고 이렇게 기도하기 시작했다.

"주여, 제가 복권에 당첨되게 해주십시오."

그는 몇 년 동안 그렇게 기도하며 계속 가난하게 살았다.

그러다가 결국 세상을 떠나게 되었고, 매우 독실한 사람이었기에 곧장 하늘로 올라갔다. 하늘에 도착한 그는 자신은 신의 가르침을 실천하는 데 인생을 바쳤지만 소용없었다고, 신께서 그가 복권에 당첨되게 해주지 않으셨다고 말하며 천국에 들어가기를 거부했다.

남자는 격분하며 항의했다.

"주여, 당신께서 저에게 약속하신 것은 모두 거짓이었습니다."

그러자 주께서 대답하셨다.

"나는 네가 복권에 당첨되도록 도울 준비가 되어 있었다. 하지만 너는 한 번도 복권을 사지 않더구나."

스승께서 말씀하셨다.

"개인의 전설은 겉으로 보이는 만큼 간단하지 않다. 그것을 경험하는 것은 위험한 일일 수 있다. 우리가 뭔가를 원하면 강력한 에너지가 작동하고, 우리는 삶의 진정한 의미를 더 이상 우리 자신에게 숨길 수 없다. 뭔가를 원할 경우, 선택을 하고 그것에 대한 대가를 지불해야 한다.

꿈을 좇는 데는 대가가 따른다. 오래된 습관들을 버려야 하며, 어려움과 실망을 겪을 수도 있다. 그렇기는 하지만, 그 대가는 개인의 전설을 경험하지 못한 사람들이 치르게 되는 대가만큼 크지는 않을 것이다. 그 사람들은 어느 날 인생을 되돌아보며 자신이 한 모든 일을 평가할 것이고, '내 삶을 낭비했어'라는 마음의 소리를 듣게 될 것이다. 그 말은 인생을 살면서 우리가 들을 수 있는 가장 고약한 말들 중 하나다."

122

카를로스 카스타네다가 자신의 책 속에서 한
이야기이다. 어느 날 스승이 그에게 평소에 매던 것과
반대 방향으로 허리띠를 매게 했다.
카스타네다는 그렇게 하면 강력한 마법의 능력을 갖게
되리라 확신하고 스승이 시키는 대로 했다.
몇 달 뒤, 그는 허리띠를 반대 방향으로 맨 덕분에
예전보다 더 빠르게 마법을 배울 수 있었다고 스승에게
털어놓았다.
"저는 부정적 에너지를 긍정적 에너지로
변화시켰습니다."
그러자 스승이 웃음을 터뜨렸다.
"허리띠는 결코 에너지를 변화시키지 않았다! 나는
바지를 입을 때마다 네가 마법을 수련 중임을 기억하게
만들려고 그렇게 하라고 시킨 것이다. 수련 중임을
의식했기 때문에 네가 발전한 것이지, 허리띠가 너를
발전하게 해준 것이 아니다."

123

수백 명의 제자를 거느린 스승이 있었다. 제자들은 모두 약속된 시간에 기도를 했다. 단 한 명만은 예외였다. 그 제자는 늘 술에 취해 있었다.

죽음이 가까웠다고 느낀 어느 날, 스승은 그 술꾼 제자를 불러 신비의 지식을 전수해주었다. 다른 제자들이 그 사실을 알고 울분을 터뜨렸다.

"정말 기막히고 창피한 일이야! 우리는 우리의 가치를 제대로 알아보지도 못하는 스승 밑에서 지금껏 고생하며 공부한 거라고."

그러자 스승이 말했다.

"나는 내가 잘 아는 사람에게 신비의 지식을 알려줘야 했다. 덕이 넘쳐 보이는 사람은 허영심, 자만심, 아집을 감추고 있는 경우가 많다. 그래서 주벽酒癖이라는 단점을 가진 유일한 제자를 내 후계자로 선택한 것이다."

124

시토 수도회 사제인 마르코스 가르시아가 말했다.

"신은 우리가 은총 밖에서 신을 이해할 수 있도록

때때로 우리에게서 축복을 앗아가신다.

그러나 한 영혼을 어느 정도까지 시험할 수 있는지

아시고, 그 한계를 넘어서는 안 된다는 것도 잘 아신다.

그러니 그런 순간에 '신께서 나를 버리셨어'라고

말하지 않도록 조심하자. 오히려 우리가 때때로 신을

버린다. 주께서는 우리에게 시련을 주실 때 그 시련을

극복하도록 충분한 은총도 내려주신다.

신에게서 멀리 있다고 느껴질 때는 신께서 우리의 길

위에 놓아두신 것들을 우리가 정말로 잘 활용하는지

자문해볼 필요가 있다."

125

이웃의 관심과 애정을 받지 못한 채 며칠 또는 몇 주를 보내게 되는 일이 있다. 그 기간에는 인간의 온기가 모두 자취를 감추고, 삶은 생존을 위한 고된 노력이 되어버린다.

스승께서 말씀하셨다.

"그러므로 우리의 난로를 살피고, 장작을 더 넣고, 우리 존재의 어두운 조각들을 밝히려고 노력해야 한다. 우리가 피운 불이 타닥거리고, 장작들이 우지끈 소리를 내고, 불꽃이 이야기하는 것이 들리면, 희망이 돌아올 것이다.

사랑할 수 있다면 사랑받을 수도 있다. 그것은 시간 문제일 뿐이다."

126

W. 프래지어는 평생 동안 미국 서부 정복에 관한 글을 썼다. 그는 자신이 시나리오를 쓰고 게리 쿠퍼가 주연한 영화의 이력을 자랑스럽게 이야기하면서, 자신은 함께 일하는 사람들과 사이가 틀어지는 경우가 매우 드물었다고 말했다.

프래지어는 말한다.

"나는 개척자들에게서 많은 것을 배웠다. 그들은 인디언과 싸우고, 사막을 건너고, 멀리 떨어진 지역에서 물과 식량을 구했다. 서부 개척시대에 쓰인 글들에서, 우리는 이상한 사실 하나를 발견한다. 개척자들이 기분 좋은 사건들만 기록했다는 사실이다. 그들은 불평하기보다는 노래를 짓고, 자기들이 겪는 어려움을 농담거리로 삼았다. 그렇게 낙담과 우울한 기분으로부터 거리를 두었다. 지금 나는 여든여덟 살이 되었지만 그들처럼 하려고 노력한다."

127

저녁 식사 중에 누가 유리잔을 깨뜨렸다.

그러자 다른 누군가가 말했다.

"행운의 표시야."

식탁 앞에 앉은 손님들은 그런 관습을 잘 알고 있었다.

손님들 속에 있던 랍비가 물었다.

"왜 그게 행운의 표시입니까?"

여행자의 아내가 대답했다.

"저도 잘 모르지만, 아마도 잔을 깨뜨린 손님이 불편한 마음을 느끼지 말라고 그렇게 말하는 게 아닐까요."

그러자 랍비가 대꾸했다.

"그런 설명은 적절하지 않습니다. 어떤 유대 전통은 요행으로 얻은 재산을 마음대로 처분하게 합니다. 본인이 살아 있는 동안 전부 써버리게 하지요. 다시 말해 정말로 필요한 목적을 위해 재산을 사용할 경우에만 이익을 남기기도 하고 헛되이 낭비하기도 하는 겁니다. 우리 유대인들도 누가 유리잔을 깨뜨리면

'행운'이라고 말합니다. 하지만 그것은 '다행이야.
당신은 유리잔이 깨지는 일을 피하는 데 당신의 행운을
낭비하지 않았어. 그러니 그 행운을 더 중요한 일에
사용할 수 있을 거야'라는 의미입니다."

128

아브라함 신부가 스케타 수도원에서 멀지 않은 곳에 지혜롭다고 소문난 현자가 살고 있다는 소식을 들었다. 그는 그 현자를 만나러 가서 물었다.

"오늘 당신 침대에 미녀 한 명이 누워 있다면, 당신은 그 미녀를 여자로 여기지 않을 수 있겠습니까?"

"아닙니다. 하지만 욕망을 자제할 수는 있을 겁니다."

현자가 대답했다.

신부가 다시 물었다.

"그럼 사막을 지나가다가 금조각을 본다면, 그 금조각을 조약돌인 양 바라볼 수 있겠습니까?"

"아닙니다. 하지만 갖고 싶은 마음을 참고 그 금조각을 줍지 않을 수는 있을 겁니다."

아브라함 신부가 또 물었다.

"두 형제가 당신을 만나러 왔습니다. 그중 한 명은 당신을 싫어하고, 다른 한 명은 당신을 좋아합니다. 당신은 그 두 형제를 공평하게 대할 수 있겠습니까?"

현자가 대답했다.

“속으로는 괴롭겠지요. 하지만 나를 좋아하는 형제와 싫어하는 형제를 똑같이 대할 겁니다.”

나중에 신부는 자기 밑에서 수련하는 수도사들에게 이렇게 말했다.

“현자가 어떤 사람인지 너희에게 설명해주겠다. 현자는 욕망에서 벗어난 사람이 아니라, 욕망을 억누를 줄 아는 사람이다.”

129

다음의 글은 존 뮤어의 시를 개작한 것이다.

나는 재기 넘치는 사람들의 재능을 온전히 향유할 수 있도록 내 영혼을 해방시키고 싶다.
하지만 그런 일이 가능해진다 해도 달의 분화구를 알려 하지 않을 것이고, 태양광선의 근원을 찾아내려 하지 않을 것이다.
별의 아름다움도, 인간의 인위적 슬픔도 이해하려 하지 않을 것이다.
내 영혼을 어떻게 해방시킬지 알게 될 때, 나는 여명을 따라갈 것이고 내 영혼과 어울려 시간을 거슬러 올라갈 것이다.
내 영혼을 해방시킬 줄 알게 될 때, 나는 세상의 핵심으로 돌아가기 위해 모든 물이 만나는 대양 속 자기磁氣의 흐름에 몸을 맡길 것이다.
내 영혼을 해방시킬 줄 알게 될 때, 나는 창조의 찬란한 페이지들을 처음부터 다시 읽을 것이다.

130

펠리컨은 기독교에서 신성화된 상징 중 하나다. 이유는 간단하다. 먹을 것이 없어지면 펠리컨은 자신의 살을 쪼아 새끼들에게 먹인다.

스승께서 말씀하셨다.

"우리는 우리가 받는 축복들을 제대로 이해하지 못할 때가 많다. 우리에게 영적 양식을 제공하기 위해 신께서 무슨 일을 하는지 깨닫지 못한다. 유난히 혹독했던 어느 겨울, 어미 펠리컨이 며칠 동안 자신의 살을 새끼들에게 먹였다. 어미 펠리컨은 결국 숨이 끊어졌다. 그러자 새끼들 중 한 마리가 다른 새끼들에게 말했다. '잘됐어. 그러잖아도 매일 똑같은 것만 먹어서 물리던 참인데.'"

231

작곡가 넬슨 모타는 브라질 동부 대서양 연안에 있는 바이아에 머무를 때 망이 메니니냐 두 간토이스*를 만나러 가기로 마음먹었다. 그는 택시를 탔다. 가는 도중에 차의 브레이크가 풀렸고, 길 한가운데에서 차가 전속력으로 돌기 시작했다. 두려웠다. 다행히 그는 택시에서 무사히 내렸다.

망이 메니니냐를 만나자, 넬슨은 가까스로 피한 사고에 대해 서둘러 이야기했다.

망이 메니니냐가 말했다.

"어떤 일들은 이미 기록되어 있습니다. 하지만 신께서는 우리가 지나치게 많은 문제를 경험하지는 않게 해주시지요. 어떤 일은 교통사고가 그 단계에서 당신 인생의 일부였음을 의미합니다."

그리고 결론지었다.

"그렇기는 하지만, 당신도 알다시피 그 일이 일어났고 아무 일도 생기지 않았습니다."

* Mãe Menininha do Gantois, 브라질 바이아 주州의 전통 종교 칸돔블레의 유명 인사.

132

뭔가가 불만스럽다면 그 일을 당장 그만둬라. 설령 그것이 너희가 실현하기를 열망했고 실현하지 못한 일이라 해도.
일이 잘 풀리지 않는 것은 두 가지로 설명할 수 있다.
너희의 인내심이 시험받는 것이거나 너희가 노선을 바꿀 때이거나.
침묵과 기도에 의지해 어떤 선택을 할 것인지 숙고해라. 모든 것이 신비로운 방법으로 조금씩 밝혀질 것이고, 선택할 힘이 너희에게 생길 것이다.
일단 결정을 내렸으면 그동안 염두에 두었던 가설은 깨끗이 잊어라. 그리고 앞으로 나아가라. 신은 용감한 자와 함께하시니 말이다.
도밍고스 사비노가 말했다.
"모든 일은 잘 마무리되게 되어 있다. 일이 적절하게 진행되지 않는다고 느끼는 것은 아직 끝에 다다르지 않았기 때문이다."

138

성지순례를 했던 한 여자가 강연회장 출구에서 여행자에게 말했다.

"성 야고보의 길에 관해 당신이 한 이야기에 빠진 것이 하나 있어요. 저는 대부분의 순례자들이 성 야고보의 길에서든 다른 길에서든 주변 순례자들의 리듬을 따라가려고 애쓴다는 사실을 깨달았답니다. 순례 초반에는 저도 제가 속한 그룹의 순례자들과 같은 보조로 걸으려고 애썼어요. 그러다 보니 피곤해졌어요. 제 몸이 견딜 수 있는 이상의 일을 하고 있었던 거죠. 결국 왼쪽 발의 힘줄에 문제가 생겼고, 이틀 동안 꼼짝 못하고 있으면서, 제 고유의 리듬으로 길을 가야만 성 야고보에 도착할 수 있다는 사실을 깨달았답니다. 물론 그렇게 하니 다른 사람들보다 시간이 더 걸렸고, 자주 혼자 걸어야 했어요. 하지만 제 고유의 리듬을 존중했기 때문에 끝까지 갈 수 있었죠. 이제부터 저는 제가 하는 모든 일에 이 교훈을 적용할 거예요."

134

리디아의 왕 크레수스가 페르시아를 공격하기로 결심했다. 하지만 그러기 전에 그리스의 신탁에 자문을 하고 싶었다.

신탁이 그에게 말했다.

"너의 운명은 대제국을 파괴하는 것이다."

그 말을 듣고 기분이 좋아진 크레수스는 전쟁을

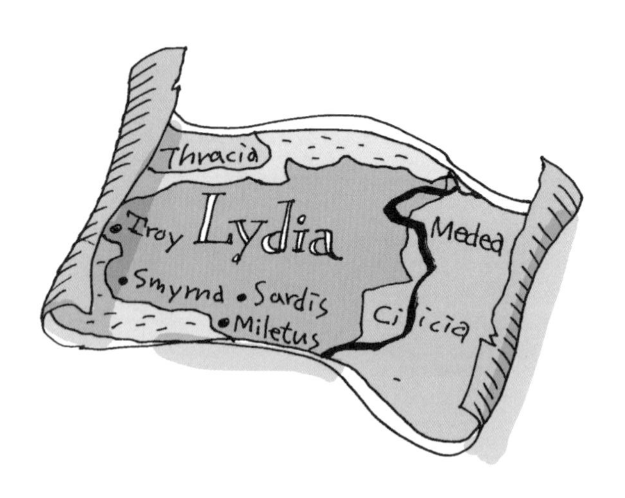

선포했다. 전투가 시작되고 이틀 뒤, 리디아는 페르시아군에 뒤덮였고, 수도가 약탈당했고, 크레수스는 포로가 되었다. 격분한 크레수스는 그리스에 있는 대사를 시켜 왜 그들을 속였는지 신탁에 물어보게 했다.

신탁이 대답했다.

"아니다. 나는 너희들을 속이지 않았다. 너희들은 리디아라는 대제국을 효율적으로 파괴하지 않았느냐."

스승께서 말씀하셨다.

"표적의 언어는 가장 좋은 행동 방법을 우리에게 가르쳐준다. 그러나 우리는 많은 경우 우리 의도에 부합하도록 그것의 의미를 곡해하곤 한다."

135

버스카글리아는 아기 예수를 만나지 못한 넷째 동방박사 이야기를 전한다. 그 역시 베들레헴 하늘에서 별이 반짝이는 것을 보았다. 하지만 아기 예수가 있던 곳에 너무 늦게 도착했다. 가난하고 고달픈 처지의 사람들이 끊임없이 그를 막아 세우고 도움을 청했기 때문이다.

30년 뒤, 동방박사는 이집트, 갈릴리, 베다니 등을 거쳐 예수의 자취를 따라갔고, 드디어 예루살렘에 당도했다. 하지만 예전의 아기는 성인이 되었고 십자가에 못 박혀 있었다. 그리스도에게 바치려고 진주를 샀지만, 길을 가다가 만난 사람들을 돕기 위해 거의 다 팔아야 했다. 이제 그에게는 딱 하나의 진주만 남아 있었다. 그러나 그리스도는 이미 세상을 떠난 뒤였다.

그는 속으로 생각했다.

'나는 사명을 완수하지 못했어.'

바로 그때, 그의 귓가에 목소리가 들렸다.

"그렇지 않다. 너는 평생 동안 나를 만났다. 내가 헐벗었을 때 입혀주었고, 내가 굶주렸을 때 먹을 것을 주었다. 내가 갇혀 있을 때 나를 찾아와주었다. 네가 길을 가면서 만난 가난한 자들 속에 내가 있었다. 그 사랑의 선물들이 고맙구나."

136

모든 사람이 기술자 또는 기계공의 능력을 갖고 태어나는 세상을 묘사한 SF 소설 속 이야기이다. 그 세상에서는 몇몇 사람들만 아무런 능력 없이 태어난다. 그런 사람들은 사회에 기여하지 못하는 광인 취급을 받으며, 광인 보호시설로 보내진다.

어느 날 그 광인들 중 하나가 보호시설 내의 도서관에서 책을 읽으며 과학과 예술의 지식을 습득하려고 노력한다. 지식을 충분히 습득했다는 생각이 들자, 그는 도망치기로 결심한다. 하지만 이내 붙잡혀서 도시 바깥에 있는 연구센터로 보내진다.

연구센터의 책임자가 그에게 말했다.

"잘 오셨습니다. 우리는 당신처럼 자기가 갈 길을 스스로 노력해서 찾아내는 사람들을 가장 존경합니다. 지금부터 당신은 당신이 원하는 일을 할 수 있습니다. 세상이 발전하는 것은 당신 같은 사람들 덕분입니다."

137

한 상인이 긴 여행을 떠나기 전에 아내에게 작별인사를 했다.

그러자 아내가 상인을 원망하며 말했다.

"당신은 지금껏 나에게 변변한 선물 한 번 해준 적이 없어요."

상인이 대꾸했다.

"이런 배은망덕한 여자 같으니. 나는 수년 동안 뼈 빠지게 일해 당신을 부양했소. 내가 당신에게 그 이상 무엇을 더 줄 수 있겠소?"

아내가 대답했다.

"나만큼 아름다운 선물요."

상인의 아내는 2년 동안 남편의 선물을 기다렸고, 마침내 상인이 돌아왔다.

상인이 말했다.

"나는 당신의 배은망덕한 태도에 눈물을 흘렸다오. 그래도 당신의 소망을 이루어주기로 마음먹었소. 어떤 선물이 당신만큼 아름다울지 이리저리 궁리했소.

그리고 마침내 그 선물을 찾아냈다오."

말을 마친 상인은 작은 거울 하나를 아내에게

내밀었다.

138

독일 철학자 프리드리히 니체는 이런 말을 했다.

"어떤 행동이 옳은지 끊임없이 저울질해봐야 소용없다. 가끔 실수하는 것이 인간 조건의 일부다."

스승께서 말씀하셨다.

"세세한 부분까지 실수하지 않으려고 목숨을 거는 사람들이 있다. 자신의 실수를 허용하지 못할 때도 매우 많다. 하지만 그래봐야 앞으로 나아가는 것에 대한 두려움만 생길 뿐이다.

실수할까 봐 두려워하면 평범함이라는 성城 안에 자신을 가두게 된다. 그 성문을 부숴버릴 때 비로소 자유를 향한 결정적인 한 걸음을 내디딜 수 있다."

139

최후의 만찬 때 예수께서 사도 두 사람을 꾸짖었다. 둘 다 예수가 이미 예고한 죄를 저질렀던 것이다.

이스가리옷 유다가 자신의 과오를 인정하고 자책했다.

베드로도 자신의 과오를 인정했다. 자신이 믿었던 분을 세 번이나 부인했으니 말이다.

베드로는 결정적 순간에 예수께서 전한 메시지의 진정한 의미를 깨달았다. 그는 용서를 구했고, 부끄러웠지만 자신의 길을 계속 갔다.

그 역시 유다처럼 자살할 수도 있었다. 하지만 그러지 않고 다른 사도들과 합류했다. 아마도 그는 사도들에게 이런 뜻의 말을 했을 것이다.

"세상이 계속되는 한, 자네들은 내 과오에 대해 마음껏 이야기해도 되네. 하지만 나로 하여금 그 과오를 만회하게 해주게나."

베드로는 하느님의 사랑은 용서하는 것임을 깨달았던 것이다. 반면 유다는 아무것도 깨닫지 못했다.

140

스케타 수도원에서 수련 수도사가 니스테로스 신부에게 물었다.

"하느님을 기쁘게 하려면 어떻게 해야 합니까?"

니스테로스 신부가 대답했다.

"아브라함은 이방인들을 받아들였다. 그러자 하느님은 흡족해하셨다. 엘리야는 이방인들을 좋아하지 않았다. 그러자 하느님은 흡족해하셨다. 다윗은 자신이 한 일들을 자랑스러워했다. 그러자 하느님은 흡족해하셨다. 성전에서 세금을 거두는 세리稅吏는 자신이 한 일을 부끄러워했다. 그러자 하느님은 흡족해하셨다. 세례 요한은 사막에 은둔했다. 그러자 하느님은 흡족해하셨다. 요나는 큰 도시 니느베로 갔다. 그러자 하느님은 흡족해하셨다.

너의 마음이 바라는 것이 무엇인지 물어보아라. 너의 마음이 너의 꿈과 전적으로 일치한다면, 바로 그것이 하느님을 기쁘게 하는 일이다."

141

불교의 한 스승이 제자들과 도보로 여행을 하고 있었다. 도중에 제자들이 자기들 중 누가 가장 훌륭한지 가리려고 토론을 벌였다.

한 제자가 말했다.

"나는 15년째 참선을 하고 있습니다."

다른 제자가 한술 더 떴다.

"나는 부모님 집을 떠난 이래 계속 자선을 베풀었습니다."

세 번째 제자가 말했다.

"나는 늘 부처님의 가르침을 따르고 있습니다."

점심때가 되자, 그들은 어느 사과나무 밑에서 걸음을 멈추고 잠시 휴식을 취했다. 나뭇가지들이 사과의 무게 때문에 휘어 있었다.

그 모습을 보고 스승이 말했다.

"나무가 열매를 많이 맺으면 가지가 휘어 땅에 닿는다. 마찬가지로, 진정한 현자는 겸손하다.

나무가 열매를 맺지 않으면 가지가 위로 솟는다.
마찬가지로, 어리석은 자는 자신이 동료보다 낫다고
여긴다."

142

유명한 작가가 친구와 함께 산책을 하다가 남자아이 하나가 빠르게 달려오는 트럭을 보지 못하고 길을 건너려고 하는 모습을 보았다. 작가는 재빨리 트럭 앞으로 몸을 던져 아이를 구했다. 하지만 그는 친구가 그 영웅적인 행동을 칭찬하기도 전에 소년의 따귀를 때리며 이렇게 말했다.

"얘야, 착각하지 마라. 나는 네가 어른이 되었을 때 맞닥뜨릴 문제들을 회피하지 않게 해주려고 너를 구한 것뿐이야."

스승께서 말씀하셨다.

"때때로 우리는 선한 일을 해놓고 부끄러워한다. 선한 일을 하면서도 마음속의 죄책감 때문에 자신이 다른 사람들에게 좋은 인상을 주려 한다거나 신을 '현혹'하려 한다고 생각한다. 인간의 본성이 본질적으로 선하다는 것을 좀처럼 받아들이지 못한다.

우리는 비웃음과 무관심 밑에 우리의 선한 행동들을 감춘다. 마치 사랑이 연약함과 동의어인 것처럼."

143

예수가 앞에 있는 탁자를 바라보며 땅 위에서 자신이 한 일을 가장 잘 상징하는 것이 무엇일지 생각했다. 탁자 위에는 갈릴리의 석류, 남부 지방의 과일 설탕절임, 시리아의 말린 과일, 이집트의 대추야자가 있었다.
예수는 과일을 축성하려고 손을 내밀다가, 문득 자신의 메시지가 전 세계 사람들을 향한 것임을 떠올렸다.
아마도 다른 나라에는 석류나 대추야자가 없을 터였다.
예수는 주변을 둘러보았다. 다시 생각해보니 석류, 대추야자, 과일에는 인간의 개입이 배제된 창조의 기적만 드러날 뿐이었다.
그래서 빵을 집어들어 축성한 뒤, "모두들 이것을 먹어라. 이것은 내 몸이다"라고 말하며 제자들에게 나눠주었다. 빵은 전 세계 어디에나 있고, 대추야자, 석류, 시리아의 과일과 달리 인간이 하느님께 이르는 길에 대한 가장 적절한 상징이었다.
빵은 지상의 열매이고, 인간 노동의 열매이기 때문이다.

144

곡예사가 광장 한가운데에 꼼짝 않고 서 있다가,
갑자기 오렌지 세 개를 손에 쥐더니 공중으로 던지기
시작했다. 사람들이 모여들어 구경하면서 그의 훌륭한
솜씨와 우아한 몸짓에 감탄했다.
누군가가 여행자에게 말했다.
"우리네 인생도 저 모습과 비슷하지 않습니까. 우리는
오렌지 하나가 공중에 떠 있는 동안 양손에 오렌지 한
개씩을 쥐고 있죠. 차이를 만들어내는 것은 세 번째
오렌지입니다. 아무리 솜씨 좋고 능숙하게 던져봐야
소용없어요. 오렌지는 자기 고유의 길을 따라가니까요.
저 곡예사처럼 우리도 세상 속으로 우리의 꿈을
던지지만, 그 꿈을 마음대로 통제하지는 못합니다.
우리는 꿈을 신의 뜻에 맡기고, 그 꿈이 자신의 길을
위엄 있게 완수하는지, 때가 되었을 때 우리의 뜻대로
실현될지 신께 여쭈어야 합니다."

145

꽤나 효율적인 인성 훈련법이 있다. 평소 우리가 기계적으로 하는 행동들을 유심히 관찰하는 것이다. 이를테면 숨 쉬고, 눈을 깜박이고, 주변의 사물들을 보는 행동 말이다.
그럼으로써 우리의 뇌는 욕망의 개입 없이 자유롭게 기능할 수 있다. 풀지 못할 것처럼 보이던 문제들이 풀리고, 극복할 수 없다고 생각했던 어려움들도 쉽게 해결된다.
스승께서 말씀하셨다.
"어려운 상황에 처했을 때 이 훈련법을 시행해보아라. 약간의 규율이 필요하긴 하지만, 그 결과는 놀라울 테니."

146

어떤 사람이 시장에서 꽃병을 팔았다. 한 여자가 다가와 꽃병을 구경했다. 어떤 꽃병들은 아무런 장식이 없었고, 또 어떤 꽃병들은 공들여 그린 그림으로 장식되어 있었다.
여자가 꽃병 값이 얼마냐고 물었다. 그런데 놀랍게도 꽃병의 값이 모두 같았다.
여자가 상인에게 물었다.
"어떻게 장식이 있는 꽃병 값이 그렇지 않은 꽃병 값과 같을 수 있죠? 만드는 데 더 많은 시간과 노력이 필요할 텐데 왜 같은 값을 부르시는 거예요?"
그러자 상인이 대답했다.
"제가 이 꽃병들을 만들었으니 꽃병 값을 매길 수 있죠. 하지만 아름다움에 값을 매기지는 못합니다. 아름다움에는 값이 없거든요."

147

여행자가 미사에 참석한 뒤 밖으로 나와 혼자 앉아 있었다. 친구 하나가 다가와 그에게 말했다.

"자네와 이야기를 좀 나누고 싶네."

여행자는 그 만남에서 표적을 보았다. 그래서 몹시 흥분한 나머지 신의 축복, 사랑 같은 자신이 중요하다고 생각하는 것들에 대해 이야기하기 시작했다. 그런 다음, 방금 전 자신은 외롭다고 느꼈는데 지금은 친구와 함께 있으니 이것이 바로 천사가 보낸 표적이 아니겠느냐고 말했다.

친구는 조용히 그의 말을 듣고는, 고맙다고 말한 뒤 멀어져갔다.

곧 즐거움이 사라졌고, 여행자는 어느 때보다도 외로움을 느꼈다. 조금 전 자신이 너무 흥분해서 친구의 필요에 전혀 주의를 기울이지 않았다는 사실을 깨달았다.

그는 바닥으로 눈길을 떨구었고, 우주가 바라지 않았기

때문에 자신이 한 말[言]들이 길 한가운데에 널브러져

있는 것을 보았다.

148

요정 셋이 왕자의 세례식에 초대받았다. 첫째 요정은 왕자에게 사랑을 선물로 주었다. 둘째 요정은 바라는 것들을 실현할 수 있는 행운을 선물로 주었다. 셋째 요정은 미모를 주었다. 조금 있으니 마녀가 나타났다. 왕자의 세례식에 초대받지 못해 화가 난 마녀는 왕자에게 불운을 선물로 주었다. 그리고 이렇게 말했다.

"네가 이미 모든 것을 가졌으니, 나는 너에게 다른 것을 주겠다. 너는 무슨 일을 하든 큰 재능을 발휘할 것이다."

왕자가 자라서 청년이 되었다. 그는 잘생겼고, 부유했고, 사랑도 얻었다. 하지만 땅 위에서 자신의 사명을 제대로 이행하지 못했다. 화가, 조각가, 작가, 음악가, 수학자가 되려고 시도했지만 무엇 하나 끝을 보지 못했다. 너무 빨리 싫증을 냈고, 곧바로 다른 일을 시도했다.

스승께서 말씀하셨다.

"모든 길은 한곳으로 통한다. 그러나 너만의 길을 선택해라. 그 길을 끝까지 가라. 모든 길을 두루 편력하려 하지 마라."

149

18세기에 집필된 작자 미상의 글에 영적 안내자를
찾아 헤맸던 러시아 수도사에 대한 이야기가 나온다.
어느 날 그는 밤낮으로 영혼 구원에 몰두한다는 은자에
대해 들었고, 그 은자를 만나러 갔다.
수도사가 은자에게 말했다.
"제 영혼의 길을 안내해주십시오."
은자가 대답했다.
"사람의 영혼에는 각자 고유한 길이 있습니다. 그리고
천사가 그 길을 안내해주죠. 쉬지 말고 기도하세요."
"저는 그런 기도를 할 줄 모릅니다. 당신이 저에게
가르쳐주셨으면 합니다."
"쉬지 않고 기도할 줄 모른다면, 그 방법을
가르쳐달라고 하느님께 기도하세요."
수도사가 화를 내며 외쳤다.
"당신은 저에게 아무것도 가르쳐주지 않으려
하는군요!"

은자가 말했다.

"가르쳐드릴 것이 아무것도 없습니다. 믿음은 수학을 가르치듯 가르칠 수 있는 것이 아니에요. 믿음의 신비를 받아들이십시오. 그러면 우주가 당신에게 모습을 드러낼 것입니다."

150

안토니오 마차도*가 말했다.

"그때그때 한 걸음씩 가라,

여행자여, 길은 없다.

길은 걸으면서 만들어진다.

길은 걸으면서 만들어진다.

그리고 뒤를 돌아보면,

결코 다시 밟지 않을

오솔길이 보인다.

여행자여, 그것은 길이 아니다.

길은 걸으면서 만들어진다."

* Antonio Machado. 1875~1939, 에스파냐의 시인. 극작가. '98 세대' 작가이며 모더니즘 운동에 앞장섰다. 〈고독〉〈카스티야 평원〉〈신시집〉 등의 작품을 펴냈다.

151

스승께서 말씀하셨다.

"써라! 편지를, 일기를. 아니면 전화 통화하면서 종이에 메모라도 해라. 어쨌든 써라! 쓰는 행위는 우리를 신 그리고 이웃과 가까워지게 한다. 이 세상에서 너희가 감당해야 할 역할을 잘 이해하고 싶다면 글을 써라.

아무도 그 글을 읽지 않는다 해도, 또는 너희가 비밀로 간직하려 한 글을 결국 누군가가 읽는다 해도, 글을 통해 너희의 영혼을 작동시키도록 애써라. 글을 쓰는 단순한 행위가 생각을 정리하고 주위의 일들을 명확히 파악하도록 도와준다. 종이 한 장과 펜 한 자루가 기적을 일으킨다. 그것은 고통을 치유해주고, 꿈을 실현해주고, 잃어버렸던 희망을 일깨워준다.

글에는 힘이 있다."

152

사막의 사제들은 천사의 손길이 힘을 발휘하도록 허락해야 한다고 생각했다. 그래서 이따금 불합리한 행동에 몰두했다. 꽃에게 말을 걸거나 이유 없이 웃는 것 말이다. 연금술사들은 '신의 표적'을 따라간다. 그것은 의미 없어 보일 때가 많지만 결국 어딘가로 통한다.

스승께서 말씀하셨다.

"사람들이 너희를 미친 사람 취급할까 봐 두려워하지 마라. 너희가 배운 논리와 아무 상관 없는 행동을 해라. 머릿속에 주입된 진지하고 합리적인 행동 방식을 조금은 포기해라. 겉으로는 하찮게 보일지 몰라도, 이런 시도가 인간적이고 영적인 엄청난 모험의 문을 너희에게 열어줄 수 있다."

153

어떤 사람이 호사스러운 메르세데스 벤츠를 몰고 가다가 타이어가 펑크났다. 타이어를 교체하려고 보니 잭이 없었다.

'이런, 제일 가까운 집으로 걸어가 잭을 빌려줄 수 있는지 물어봐야겠군.' 이렇게 생각한 그는 가까운 집을 찾아 걷기 시작했다.

'혹시 어떤 사람이 내 자동차가 벤츠인 것을 보고 잭 사용료를 지불하게 하려고 일부러 타이어를 펑크 냈는지도 몰라.'

그는 속으로 생각했다.

'내가 비싼 차를 갖고 있고 더구나 부탁하는 입장이니까 10달러쯤 달라고 하겠지. 아니, 어쩌면 50달러쯤 요구할지도 몰라. 내가 잭이 꼭 필요하다는 걸 알고 있으니까 그 기회를 최대한 활용할 거야. 100달러까지라도 요구하겠지.'

길을 걸어갈수록 남자가 상상하는 잭 사용료는 점점

커져갔다.

마침내 어느 집 앞에 도착했다. 집주인이 문을 열어주자 남자는 이렇게 외쳤다.

“당신은 도둑놈이야! 책은 그렇게 엄청난 가치가 있는 물건이 아니라고! 당신 그 책 그냥 가지고 있어!”

우리 중 누가 나는 한 번도 이런 식으로 행동한 적이 없다고 단언할 수 있겠는가.

154

심리학자 밀턴 에릭슨은 훌륭한 정신치료법을 고안해내 많은 사람의 추종을 받았다. 사실 그는 열두 살 때 소아마비에 걸렸다.

병을 앓기 시작하고 열 달 뒤, 그는 의사가 부모에게 이렇게 말하는 것을 들었다.

"아드님은 오늘 밤을 넘기지 못할 겁니다."

어머니가 슬피 울자, 그는 생각했다.

'일단 오늘 밤을 잘 넘기자. 그러면 어머니가 조금이라도 안심하시겠지.'

그래서 아침이 밝아올 때까지 잠을 자지 않기로 결심했다. 다음날 아침, 에릭슨은 어머니에게 외쳤다.

"보세요, 저 아직 살아 있어요!"

너무나 기뻐하는 부모님을 보며, 에릭슨은 부모님을 기쁘게 해드리기 위해 매일매일 병을 견뎌내기로 마음먹었다.

그렇게 해서 장성한 에릭슨은 인간의 한계를 극복하는

극한 능력에 관한 의미 있는 저서들을 많이 집필했고,

1990년 75세의 나이로 세상을 떠났다.

155

수련 중인 수도사가 수도원장에게 말했다.

"성자시여, 제 마음은 사랑으로 가득하고, 제 영혼은 악마의 유혹에 흔들리지 않습니다. 제가 거치게 될 다음 단계는 무엇입니까?"

그러자 수도원장은 병자에게 종부성사를 베풀러 가는데 함께 가자고 청했다. 병자의 집에 가서 가족들을 위로한 뒤, 수도원장은 집안 한구석에 여행가방이 있는 것을 보았다.

수도원장이 물었다.

"저 여행 가방 안에 무엇이 들었습니까?"

고인의 조카가 대답했다.

"제 숙부님이 한 번도 입지 못한 옷들이 들어 있습니다. 숙부님은 언젠가 저 옷들을 입을 일이 있을 거라 생각하셨어요. 하지만 결국엔 쓸모없는 물건이 되고 말았군요."

고인의 집을 나선 뒤 수도원장이 수도사에게 말했다.

"저 여행 가방을 잊지 마라. 네 마음속에 영적 보물이 있다면 즉시 사용해라. 그렇지 않으면 결국 쓸모없는 것이 되고 만다."

156

영적 길을 갈 때 사람들은 신께 이야기하고픈 욕망이 너무도 강한 나머지 신께서 자기에게 하는 말에 귀 기울이지 않는다.

스승께서 말씀하셨다.

“긴장을 조금 풀어라. 물론 그것도 그리 쉽지 않은 일이다. 우리는 늘 잘하려 하고, 쉬지 않고 일하면 잘할 수 있을 거라 생각한다.

시도하고, 실패하고, 다시 일어서고, 계속 길을 가는 것이 중요하다. 그러나 신께서 우리를 도울 수 있게 해드리자. 열심히 노력하는 중에도 우리 자신의 내면을 들여다보자. 그리고 신께서 자신의 모습을 드러내 우리를 이끌게 해드리자.

때때로 신이 우리를 그분 무릎에 앉히게 해드리자.”

157

어느 날 스케타 수도원의 한 신부가 영적 길을 가고자 열망하는 젊은이의 방문을 받았다.

신부가 젊은이에게 조언했다.

"일 년 동안 자네를 화나게 하는 사람에게 동전 한 닢씩을 주도록 하게."

젊은이는 열두 달 동안 그렇게 했다. 연말이 되자, 그는 다음 단계가 무엇인지 알기 위해 다시 신부를 찾아왔다.

신부가 젊은이에게 말했다.

"시내에 가서 나를 위해 먹을 것을 사오게."

젊은이가 자리를 뜨자마자, 신부는 거지로 변장하고 지름길을 통해 도시의 출입문 앞으로 갔다. 그리고 젊은이가 다가오자 다짜고짜 젊은이에게 욕을 했다.

젊은이가 외쳤다.

"맙소사! 지난 일 년 동안은 사람들에게 꼬박꼬박 돈을 주고 욕설을 들어야 했는데, 이제는 돈 한 푼 내지 않고 공짜로 욕설을 듣게 되었군!"

이 말을 듣자 신부는 변장을 벗고 말했다.

"자네는 다음 단계로 넘어갈 준비가 되었네. 자네의 문제를 웃음거리로 삼는 데 성공했어."

158

여행자가 친구 둘과 함께 뉴욕의 거리를 산책하고 있었다. 평범한 대화를 나누던 중 갑자기 말다툼이 시작되었고, 분위기가 험악해져 치고받을 지경까지 이르렀다.

시간이 흘러 분이 조금 가라앉자, 그들은 바에 들어가 자리를 잡고 앉았다. 한 친구가 사과를 했다. 그리고 덧붙여 말했다.

"이번 일을 통해 가까운 사람에게 상처 주는 것이 훨씬 더 쉽다는 걸 깨달았네. 만약 자네들이 낯선 사람이었다면, 나는 더 자제할 수 있었을 거야. 하지만 자네들이 내 친구이고 나를 누구보다도 잘 이해해준다는 이유 때문에 나는 공격적인 태도를 보이고 말았어. 그것이 인간의 본성인가 보네."

아마도 인간의 본성은 그럴 것이다. 그렇다 해도 우리가 그런 본성에 맞서 싸워야 한다는 사실에는 변함이 없다.

159

영국의 시인 존 키츠는 시詩에 대해 훌륭한 정의를 내렸다. 그 정의를 인생에 대한 정의로 받아들일 수도 있을 것이다.

"시는 섬세한 과도함으로 독자를 놀라게 해야 한다. 시구들이 마치 독자 자신의 표현인 것처럼, 머나먼 옛날의 일을 기억하는 것처럼, 이미 독자의 마음속을 아는 것처럼 독자를 감동시켜야 한다.
시의 아름다움은 독자를 즐겁게 하는 능력에 있지 않다. 시는 어느 순간 숨이 멎을 정도로 우리를 놀라게 해야 한다. 마치 석양처럼 기적적인 동시에 자연스러운 것으로 우리의 삶 속에 존재해야 한다."

어떤 사람을 돕고 싶지만 아무런 도움도 줄 수 없는 순간들이 있다. 상황 때문에 그 사람에게 접근하지 못하기도 하고, 그 사람이 우리의 공감과 지지에 마음을 닫고 있을 수도 있다.

스승께서 말씀하셨다.

"우리에겐 사랑이 있다. 모든 것이 쓸모없어지는 순간에도 우리는 보상, 변화, 감사를 기대하지 않고 여전히 사랑할 수 있다. 우리가 그렇게 행동하면, 사랑의 에너지가 우리 주변의 세상을 변화시킨다. 그 에너지는 항상 제 역할을 해낸다."

161

믿음을 깊이 부정하던 시절인 15년 전, 여행자는 아내 그리고 친구 한 명과 함께 리우데자네이루의 어느 식당에 있었다. 술을 조금 마셨는데, 갑자기 옛 친구가 다가와 알은체를 했다. 1960년대와 1970년대에 여행자와 함께 어리석은 행동을 하고 다니던 친구였다.

여행자가 그에게 물었다.

"그래, 지금 자네는 무슨 일을 하나?"

친구가 대답했다.

"나는 사제라네."

친구와 함께 식당을 나온 여행자는 보도 위에 쪼그리고 앉아 잠을 자는 어린아이를 가리키며 말했다.

"예수께서 이 세상에 대해 얼마나 근심하실지 보이나?"

사제인 친구가 대답했다.

"물론 보이지! 그분은 자네가 그걸 보도록, 그리고 그것을 위해 뭔가 할 수 있다는 것을 깨닫도록 자네의 눈앞에 저 아이를 데려다놓으신 걸세."

162

세상에서 가장 짧은 교리를 만들기 위해 유대인 현자들이 한자리에 모였다. 누군가가 한쪽 발로 균형을 잡고 서 있는 시간 동안 인간 행동을 통틀어 하나의 율법으로 정의한다면, 그 사람은 그 자리에 모인 현자들 가운데 가장 위대한 사람으로 추앙받을 터였다.

한 현자가 말했다.

"신께서는 죄인을 벌하신다."

다른 사람들이 반대했다. 그것은 율법이 아니라 위협이라는 것이었다. 표현도 신중하지 못했다.

그때 랍비 힐렐이 나타나 한쪽 발로 서서 말했다.

"'이웃이 너에게 하지 말았으면 하는 행동을 네 이웃에게 하지 마라' 이것이 율법입니다. 나머지는 모두 율법의 성격을 띤 논평일 뿐이에요."

그로써 랍비 힐렐은 당대의 가장 위대한 현자로 추앙받았다.

163

작가 조지 버나드 쇼가 조각가 제이콥 엡스타인의
작업실에서 커다란 돌덩이를 보았다. 쇼가 물었다.
"자네 저 돌덩이로 무엇을 만들려고 하나?"
"아직 모르겠네. 무엇을 만들지 생각 중이야."
쇼가 놀란 표정으로 다시 물었다.
"자네가 예술적 영감을 미리 계획한다는 뜻인가?
예술가는 영감에 따라 생각을 자유롭게 바꿀 수 있어야
한다는 걸 몰라?"
엡스타인이 설명했다.
"자네는 생각이 바뀔 때 5그램짜리 종이 한 장만
찢어버리면 되니 맞는 말이네. 하지만 나는 4톤짜리
돌덩이를 버려야 하니 경우가 다르지."
스승께서 말씀하셨다.
"우리는 저마다 자기 일을 하는 가장 좋은 방법이
무엇인지 알고 있다. 어떤 일을 전적으로 실현해본
사람만이 그 일 특유의 문제가 무엇인지 아는 법이다."

164

요한 형제가 생각했다.

'나는 천사가 되고 싶어. 천사들은 아무것도 하지 않고 신의 영광만 바라보며 시간을 보내잖아.'

그날 저녁, 그는 스케타 수도원을 떠나 사막으로 갔다.

일주일 뒤, 요한 형제가 돌아왔다. 문 두드리는 소리를 듣고 문지기가 누구냐고 물었다.

"요한 형제입니다. 배가 고파요."

문지기가 말했다.

"말이 안 되는 얘기군요. 요한 형제는 사막에 가서 천사가 되었습니다. 그러니 더 이상 배고픔을 느끼지 않을 거예요. 먹기 위해 일할 필요도 없을 테고요."

요한 형제가 대꾸했다.

"내 교만함을 용서하세요. 천사들은 인간을 도와줍니다. 그것이 그들의 일이에요. 그래서 그들이 신의 영광을 바라보는 겁니다. 하지만 나는 날마다 내게 주어진 노동을 하면서 신의 영광을

바라보아야 해요."

이 겸허한 말을 들은 뒤에야 문지기는 수도원 문을 열어주었다.

165

인간이 만들어낸 살상 무기 중 가장 지독하고 비열한 것은 말[言]이다.

단검과 화기는 핏자국을 남긴다. 폭탄은 건물과 거리를 파괴한다. 독은 탐지 가능하다.

스승께서 말씀하셨다.

"말은 흔적 없이 사람을 파괴한다. 어린아이들이 수년 동안 부모의 말에 좌우되고, 남자들은 사회에서 조그만 일에도 가차 없이 비난받고, 여자들은 남편의 냉정한 논평에 호되게 당한다. 신실한 사람들이 신의 음성을 해석할 수 있다고 주장하는 사람들 때문에 종교로부터 멀어지기도 한다.

이 무기를 사용하지 않도록 조심해라. 그리고 다른 사람들이 너희에게 이 무기를 사용하지 않도록 조심해라."

166

윌리엄스는 다음과 같은 기이한 상황을 묘사했다.

"완벽한 인생을 한번 상상해보아라. 당신이 완벽한 사람들과 함께 완벽한 세상 속에 있다고. 당신은 원하는 것을 모두 가졌고, 모든 사람이 모든 일을 적절한 때에 완벽하게 해낸다. 그 세상에서 당신은 바라고 꿈꾼 그대로 모든 것을 이룬다. 그리고 원하는 만큼 오랫동안 살 수 있다.

백 년 또는 이백 년 뒤, 당신은 멋진 배경 속 얼룩 하나 없이 깨끗한 벤치에 앉아 '정말 지겨워! 인생의 희로애락이 부족해!'라고 생각할 것이다. 당신 앞에는 빨간 버튼이 있고 버튼에 '돌발사건'이라고 적혀 있다. 당신은 그 단어가 의미하는 모든 것을 고려해본 뒤 버튼을 누를 텐가? 물론이라고! 버튼을 누른 다음 어두운 터널 안으로 들어가라. 그리고 지금 당신이 살고 있는 세상으로 다시 나와라."

167

사막의 전설 중에 한 남자의 이야기가 있다. 남자가 여행을 떠나려고 낙타에 양탄자, 부엌 용품, 옷이 든 여행 가방을 실었다. 낙타는 탈 없이 견뎌주었다. 출발하기 직전, 남자는 아버지에게 선물 받은 예쁜 파란색 펜을 떠올렸다. 그 펜도 가져가기로 마음먹고 낙타에 실었다. 그러자 낙타가 짐의 무게를 이기지 못해 주저앉았고 그대로 숨이 끊어졌다.

남자는 생각했다.

'내 낙타는 펜 한 자루의 무게를 견디지 못했구나.'

때때로 우리는 주변 사람들에게 함부로 말을 한다. 그 말 한마디가 상대의 꽃병에서 괴로움의 물을 넘치게 할 수 있다는 사실을 모르고 말이다.

168

여행자가 마이애미 항구를 바라보고 있는데, 누군가가 이런 말을 했다.

"우리는 영화에서 본 것들에 너무 익숙해진 나머지 진짜 역사를 잊는 경우가 있습니다. 〈십계〉를 기억하십니까?"

"물론이지요. 모세 역을 맡은 찰턴 헤스턴이 지팡이를 들어 올리니 바닷물이 갈라지고, 히브리 백성이 홍해를 건넜지요."

그러자 그 사람이 말했다.

"성서에서는 다릅니다. 신은 모세에게 이렇게 명하십니다. '이스라엘 백성에게 길을 떠나라고 말해라.' 모세가 지팡이를 들어 올리고 홍해가 갈라진 것은 그들이 막 길을 떠났을 때 한 번뿐입니다. 길을 떠난 뒤엔 오직 용기만이 우리가 가야 할 길을 보여주지요."

169

다음은 첼리스트 파블로 카잘스가 쓴 글이다.

나는 끊임없이 다시 태어난다. 아침마다 삶을 다시 산다. 그런 식으로 하루를 시작한 지 80년이다. 그것은 타성에 사로잡힌 기계적인 행동이 아니라, 내 행복에 매우 중요한 일이다.

아침이 되면 잠에서 깨어 피아노 앞에 앉는다. 전주곡 두 곡과 바흐의 푸가 한 곡을 연주한다. 그 음악들이 내 집을 축복으로 가득 채운다. 그것은 삶의 신비 그리고 인간의 일부를 이루는 기적과 접촉하는 방법이기도 하다.

80년 동안 이 습관을 유지하고 있지만, 내가 연주하는 음악은 결코 똑같지 않다. 음악은 항상 새롭고 환상적이고 믿을 수 없을 만큼 굉장한 것을 나에게 가르쳐준다.

스승께서 말씀하셨다.

"우리는 신을 찾는 것이 중요하다는 것을 알고 있다. 그러나 삶은 우리를 신에게서 멀어지게 한다. 우리는 신의 관심을 받지 못한다고 느낀다. 또는 일상에 지나치게 붙들려 있다. 여기서 죄책감이 생겨난다. 우리는 신 때문에 삶을 포기한다고 생각하거나 삶 때문에 신을 포기한다고 생각한다. 하지만 이런 생각은 착각이다. 신은 삶 속에 존재하고, 삶은 신을 통해 존재한다. 이것을 깨달으면 운명을 이해할 수 있다. 일상의 성스러운 조화를 깊이 깨닫는다면 항상 선한 길을 갈 수 있고, 사명을 완수할 수 있다."

파블로 피카소가 말했다.

“신은 예술가다. 신은 기린, 코끼리, 개미를 만들었다. 어떤 스타일을 만들어내려고 애쓰지는 않았다. 그저 원하는 모든 것을 만들었을 뿐이다.”

스승께서 말씀하셨다.

“어떤 길에 첫걸음을 내디딜 때, 우리는 큰 두려움에 사로잡힌다. 모든 것을 완벽하게 해내야 한다는 중압감을 느낀다. 하지만 우리 각자에게는 딱 하나의 인생만 존재할 뿐이다. ‘완벽’이 무엇인지 누가 정하는가? 신은 기린, 코끼리, 개미를 잘 만드셨다. 그렇다면 왜 우리는 모범을 따라야 하는가? 모범의 효용은 다른 사람들이 그들 자신의 현실을 어떻게 정의하는지 알게 해준다는 것이다. 우리는 그들의 모범에 감탄하고, 그들이 저지른 실수를 피할 수 있다. 하지만 우리의 유일한 능력은 자신의 삶을 살아가는 것이다.”

172

독실한 유대인 여러 명이 유대교 회당에서 기도하다가 "A, B, C, D"라고 말하는 어린아이의 목소리를 들었다.

그들은 성구聖句에 집중하려 했다. 그러나 아이의 목소리가 다시 되풀이되었다.

"A, B, C, D."

기도를 멈추고 뒤를 돌아보니 소년 한 명이 "A, B, C, D"라고 계속 되뇌는 모습이 보였다.

랍비가 아이에게 다가가서 물었다.

"얘야, 너 왜 그러는 거냐?"

아이가 대답했다.

"저는 성구를 모르거든요. 그래서 제가 알파벳을 말하면 하느님께서 그 글자들을 골라 알맞은 단어를 만들어주셨으면 해서요."

랍비가 웃으며 말했다.

"교훈을 알려줘서 고맙구나. 네가 하느님께 글자들을 맡기듯이, 나도 이 땅에서 내가 보내는 나날들을 하느님께 맡기면 되겠어."

178

스승께서 말씀하셨다.

"우리 안에 계시는 성령을 영화의 스크린에 비유할 수 있다. 영화에는 다양한 상황들이 등장한다. 사람들이 서로 사랑하기도 하고, 이별하기도 한다. 보물을 발견하기도 하고, 먼 나라를 탐험하기도 한다.

어떤 영화가 투사되든 스크린은 항상 똑같다. 눈물이 흐르든 피가 흐르든 중요하지 않다. 그 무엇도 하얀 스크린에 해를 입히지 못한다.

신은 영화의 스크린처럼 삶의 모든 불행과 도취 뒤에 존재하신다. 영화가 모두 끝나면, 마침내 우리는 신을 보게 될 것이다."

174

어느 궁수가 엄격한 수련으로 유명한 힌두교 수도원 주변을 거닐다가, 수도사들이 정원에서 술을 마시며 재미있게 노는 모습을 보았다.

궁수가 말했다.

"신의 길을 간다는 사람들이 어떻게 이렇게 추잡할 수 있지? 규율이 중요하다고 말하면서 뒤에서 몰래 술이나 마시고 취하다니!"

수도사들 중 가장 연장자가 그 말을 듣고 궁수에게 물었다.

"당신이 화살 백 개를 연달아 쏘면 당신의 활은 어떻게 될까요?"

"부러지겠지요."

수도사가 설명했다.

"사람도 한계 이상으로 달리면 의지가 무너집니다. 일과 휴식 사이에서 적절히 균형을 잡지 못하면 의욕을 잃게 되고, 더 멀리 나아갈 수가 없습니다."

175

어떤 왕이 평화조약을 제안하러 먼 나라에 사신을
보내기로 했다. 임무를 잘 완수하고 싶었던 사신은
그 나라와 관련된 중요한 사건을 다룬 적이
있는 친구들에게 조언을 구했다. 친구들은 며칠
기다려보라면서, 평화조약에 새로운 조항들을
추가하고 상업과 관련된 조항을 수정했다.
마침내 사신이 출발했을 때는 평화조약에
서명하기에는 너무 늦었다. 두 나라 간에 전쟁이
일어나 왕의 계획이 엉망이 되었고, 사신의 출발을
지연시킨 상인들도 사업에 큰 타격을 입었다.
스승께서 말씀하셨다.
"인생에서 중요한 것은 딱 하나뿐이다. 우리 개인의
전설을, 우리에게 주어진 사명을 잘 살아내는
것이다. 그런데 우리는 쓸데없는 일들 때문에 삶을
거추장스럽게 만든다. 그리고 그것이 우리의 꿈을
망가뜨린다."

176

여행자가 시드니 항구에서 도시의 두 부분을 연결하는 다리를 바라보는데, 어느 오스트레일리아 사람이 다가와 신문에 실린 광고를 읽어달라고 부탁했다. 그가 설명했다.

"글씨가 무척 작네요. 깜박 잊고 안경을 집에 두고 와서 글씨를 읽을 수가 없어요."

그런데 여행자도 안경이 없었다. 그래서 남자에게 양해를 구했다.

잠시 침묵을 지킨 뒤, 오스트레일리아 남자가 말했다.

"그렇다면 이 광고는 잊어버리는 편이 좋겠네요."

그런 다음 마음 내키는 대로 대화를 이어갔다.

"우리 둘만이 아니라 하느님도 눈이 잘 보이지 않으실 겁니다. 늙으셨기 때문이 아니라, 스스로 그런 선택을 했기 때문이죠. 사람은 자신과 가까운 누군가가 실수를 저지르면 상황을 명확하게 보지 못합니다. 그리고 자신이 부당하게 굴지 않을까 하는 두려움 때문에 쉽게 용서해버리지요."

여행자가 물었다.

"그럴 때 옳은 행동은 무엇일까요?"

"맙소사, 신은 절대 안경을 집에 두고 오지 않으시죠."

오스트레일리아 남자가 웃으며 대꾸하고는 멀어져갔다.

제자가 스승에게 물었다.

"기도보다 더 중요한 것이 있습니까?"

그러자 스승은 가까운 곳에 있는 작은 나무를 제자에게 가리켜 보이고는, 그 나뭇가지 하나를 꺾어오라고 했다. 제자는 스승이 시키는 대로 했다.

스승이 물었다.

"나무가 여전히 살아 있느냐?"

제자가 대답했다.

"아까와 마찬가지로 살아 있습니다."

"그러면 다시 가서 이번에는 나무의 뿌리를 잘라라."

"그러면 나무가 죽을 텐데요."

스승이 말했다.

"기도는 나뭇가지와 같다. 그리고 나무뿌리는 믿음과 같지. 믿음은 기도 없이도 존재할 수 있지만, 기도는 믿음 없이는 존재하지 못한단다."

1/8

아빌라의 성聖 테레사는 이런 글을 썼다.

기억해라. 주님은 우리 모두를 초대하셨다. 주님은 순수한 진리이시기 때문에, 우리는 그분의 초대를 의심할 수 없다. 주님은 이렇게 말씀하셨다.
"목마른 자들은 나에게 오라. 내가 마실 것을 주리라."
만일 그 초대가 우리 각자를 향한 것이 아니었다면, 주님은 이렇게 말씀하셨을 것이다.
"원하는 자들은 모두 나에게 오라. 너희는 잃을 것이 아무것도 없으니 말이다. 그러나 나는 준비된 자에게만 마실 것을 줄 것이다."
주님은 조건을 달지 않으신다. 원하고 행동하기만 하면 된다. 그러면 모두 주님의 사랑이라는 맑은 생명수를 얻을 것이다.

선禪 수도사들은 명상하고 싶을 때 바위 앞에 앉아 이렇게 생각한다.

'지금부터 이 바위가 조금 커지기를 기다리자.'

스승께서 말씀하셨다.

"우리 주위의 모든 것은 끊임없이 변화한다. 태양은 날마다 새로운 세상을 비춘다. 우리가 일상이라고 부르는 것에는 새로운 기회들이 가득하다. 그러나 우리는 오늘이 어제와 다르다는 것을 알지 못한다. 오늘 어딘가에서 보물이 우리를 기다리고 있다. 그것은 작은 미소일 수도 있고, 위대한 정복일 수도 있다. 그것이 무엇인지는 중요하지 않다. 인생은 크고 작은 기적들로 이루어진다. 지루한 것은 아무것도 없다. 모든 것이 끊임없이 변화하기 때문이다. 권태는 세상에 존재하는 것이 아니라, 우리가 세상을 보는 방식에 존재한다.

시인 T. S. 엘리엇이 이렇게 썼듯이 말이다.

길들을 두루 걸어라/집으로 돌아와라/그리고 마치

처음인 것처럼 모든 것을 바라보아라.

그린이의 말

올 겨울 들어 가장 추운 한파와 눈보라가 휘몰아치는 남도에서 이 글을 씁니다. 추운 날에도 꽃을 피우는 홍매화를 보며 용기와 희망을 떠올렸던 날이 생각납니다. 여전히 홍매화는 엄동설한에 아랑곳하지 않으며 움을 틔우고 있습니다. 춥고 캄캄할수록 더 반짝이는 별들처럼 이 꽃이 희망이고 용기라는 생각을 해봅니다. 희망이란 본디 밖으로부터의 힘이고 용기란 안으로부터의 힘입니다. 그러므로 용기가 동반되지 않는 희망은 무의미한 외침에 불과합니다. 사람은 꽃이나 식물과 달리 스스로 찾아낼 수 있는 용기가 밖에서 주어지는 희망과 동반할 때 더 큰 힘을 발휘하는 법입니다. 두렵지만 당당히 맞서는 것. 그렇게 사람과 사회의 희망은 이루어지는 것이겠지만 그 시작은 자신의 마음을 다스리는 데서 시작합니다. 그 출발이 바로 사색과 통찰이고 좋은 작가와 지도자는 그 출발점을 응원하는 '희망'의 메시지를 전하는 사람입니다. 파울로 코엘료는 『마크툽』에서 능숙한 직조공처럼 질 좋은 씨줄과 날줄을 엮어 희망과 용기의 메시지를 전하고 있습니다. 파울로 코엘료는 이 책의 서문에서 잡지에 연재를 시작할 때는 의욕이 앞섰지만 전 세계를 돌아다니는 스케줄 속에서 글을 쓰는 일이 힘든 과정이었음을 밝히고 있습니다. 그럼에도 매일 글을 쓰는 과정 속에서 새롭게 글을 쓰는 힘을 터득하게 되었고, 자신의 글과 타인의 글을 포함하여 재발견하는 기쁨을 얻었다고 합니다. 그로 인해 '영혼의 풍요'를 경험했다고 고백하고 있습니다. 어쩌면 이 책을 읽는 독자들에게도 새로운 자극이 되고 영혼이 풍요로워지는 계기가 될 것이라 생각합니다.

파울로 코엘료는 이번 책에서 남미와 유럽뿐 아니라 동양과 서양의 고전 속에서 발견한 많은 이야기들을 들려줍니다. 제가 참여한 전작 『마법의 순간』이 개인 삶을 위한 통찰이 주 내용이었다면 『마크툽』은 사회적으로 재해석할 수 있는 내용들을 많이 담고 있습니다. 여러 가지 상황과 사례들이 우리가 겪고 있는 그것과 크게 다르지 않아 더 많이 공감됩니다.

다른 사람들이 어떻게 생각하는가 하는 것은 별로 중요하지 않다. 그들은 결국 자기 마음대로 생각할 것이기 때문이다. 그러니 마음을 편히 가져라. 세상이 너희 주변에서 움직이도록 내버려두고, 스스로에게 놀라움을 느끼는 기쁨을 누려라. (p.65)

우리의 일상은 날마다 기적이다. 그러니 축복을 받아들여라. 오늘 너의 작은 예술 작품을 창조해라. 그러면 내일 새로운 축복을 받을 것이다. (p.73)

너희가 잠 못 이루는 밤에 신께서 너희와 함께 계실 것이다. 신의 사랑이 너희가 남몰래 흘리는 눈물을 닦아줄 것이다. 신은 용감한 자들 편이다. (p.92)

사람은 나이가 들면서 어린 시절의 현인들을 잊은 채 진정으로 의미 있는 것들을 놓치고 사는 경우가 많습니다.

파울로 코엘료의 『마크툽』을 통해 진정으로 의미 있는 삶의 가치를 되새기고 어려움 속에서도 희망과 용기가 함께하는 영성이 넘치는 새 날들 만드시길 바랍니다.

●

황중환

옮긴이의 말

이 책은 파울로 코엘료가 1993년 6월 10일부터 1994년 6월 11일까지 1년 동안 브라질 신문 「일루스트라다 지 라 폴라 지 상파울루」에 연재한 글들을 발췌해 묶은 것입니다. 그가 11년의 세월에 걸쳐 스승에게 받은 가르침 그리고 친구나 다른 사람들로부터 들은 인상 깊은 에피소드들이 담겨 있습니다.

세상을 살다 보면 인생의 의미에 대해 자문하는 순간이 옵니다. 중요한 결정을 내려야 하지만 선택의 기준이 서지 않아 고민하기도 하고, 도무지 이해되지 않는 사건 앞에서 삶의 아이러니를 느끼기도 합니다. 그런 순간이면 종교가 있는 사람이든 없는 사람이든, '신(또는 이 세상을 주관하는 절대적 존재)의 뜻은 과연 무엇일까?' 하는 의문을 갖게 됩니다. 이 책에 나오는 이야기들은 바로 그런 순간에 대한 우리 인간들의 다양한 경험이며, 인류가 축적해온 빛나는 영적 유산이기도 합니다. 어디서 들어본 듯하지만 다시금 무릎을 치게 만드는 이야기, 웃음을 머금게 하는 유머러스한 이야기들도 포함되어 있습니다.

제목에 나오는 '마크툽Maktub'은 '그렇게 기록되어 있다'는 뜻으로, 신의 섭리를 은유합니다. 아랍 사람들은 신의 섭리를 받아들이고 체념할 때 이 표현을 자주 사용한다고 합니다. 그런데 신의 뜻을 받아들인다는 것은 정말 '체념'을 의미할까요? 신은 우리가 원하지 않는 길을 억지로 가게 만드는 무자비한 존재인 걸까요?

하느님은 선하고 자비로운 분이며, 자신의 형상에 따라 우리 인간을 빚으셨습니다. 하지만 동시에 인간들 한 사람 한 사람에게 고유한 꿈과 재능을 선물하시고, 그 사람에게 가장 유익한 길, 귀하고 특별한 길을 예비해놓으셨습니다. 그러므로 하느님의 섭리를 깨닫는다는 것은 그 길을 찾는 것, '자아의 신화'를 찾는 것과 일맥상통하는 일이기도 한 것입니다.

모든 것이 기록되어 있다고는 하지만, 신은 우리에게 자유의지와 선택권을 주셨고, '표적'을 깨닫는 지혜도 허락하셨습니다. 인생의 중요한 길목에 '표적'을 세워놓으시고, 주변 사람들의 입을 통해 천사의 목소리를 듣게 하십니다. 지혜로운 사람은 표적을 보고 신의 뜻을 깨닫고, 주변 사람들을 통해 천사의 목소리를 분별할 것입니다.

시대와 풍습은 변하지만 진리는 하나이고, 신은 우리를 돕기 위해 펜과 잉크를 사용하십니다.

●

최정수

옮긴이 최정수
연세대학교 불어불문학과 및 동 대학원을 졸업하고 전문 번역가로 활동하고 있다. 파울로 코엘료의 『연금술사』 『오 자히르』, 기 드 모파상의 『오를라』 『기 드 모파상: 비곗덩어리 외 62편』, 프랑수아즈 사강의 『한 달 후, 일 년 후』 『어떤 미소』 『마음의 파수꾼』 『고통과 환희의 순간들』, 아니 에르노의 『단순한 열정』, 아모스 오즈의 『시골 생활 풍경』, 아멜리 노통브의 『아버지 죽이기』, 마리 다리외세크의 『가시내』, J. M. 에르의 『셜록 미스터리』, 『찰스 다윈: 진화를 말하다』, 『르 코르뷔지에의 동방여행』, 『우리 기억 속의 색』, 『딜레마: 어느 유쾌한 도덕철학 실험 보고서』 등 다수의 책을 우리말로 옮겼다.

마크툽

초판 1쇄 발행일 | 2016년 2월 26일
초판 4쇄 발행일 | 2016년 4월 4일

지은이 | 파울로 코엘료
그　림 | 황중환
옮긴이 | 최정수
펴낸이 | 정은영
편　집 | 사태희 이미현
디자인 | 이선희
마케팅 | 이대호 강용구 최금순 최형연 한승훈

펴낸곳 | (주)자음과모음
출판등록 | 2001년 11월 28일 제2001-000259호
주　소 | (우 04083) 서울시 마포구 성지길 54
전　화 | 편집부 (02)324-2347, 경영지원부 (02)325-6047
팩　스 | 편집부 (02)324-2348, 경영지원부 (02)2654-7696
E-mail | jamoteen@jamobook.com

ISBN 978-89-544-3216-0 (03800)

이 도서의 국립중앙도서관 출판예정도서목록(CIP)은 서지정보유통지원시스템 홈페이지(http://seoji.nl.go.kr)와 국가자료공동목록시스템(http://www.nl.go.kr/kolisnet)에서 이용하실 수 있습니다.(CIP제어번호: CIP2016001307)